L'École des dames

Raphaël Enthoven

L'École des dames

Parodie en 3 actes

Éditions de L'Observatoire

ISBN : 979-10-329-1917-0
Dépôt légal : 2021, mai

170 *bis*, boulevard du Montparnasse, 75014 Paris

Pour Élisabeth Badinter

COLIN : Encore convaincu que la gloire l'attend

ANNE MÉSANGE : Galatée de Colin, papillon insolent

NATHAN ISMAËL : Homo sapiens et tantôt comédien charmant

FARID : Cassandre ou Coryphée ? Ça dépend des moments

SERVEUR, CONTRÔLEUR, SPECTATEUR : intermittent

Acte I

Scène 1

SERVEUR – COLIN – FARID

La salle d'une brasserie parisienne aux couleurs de La Rotonde, Farid attend son ami Colin derrière une table ronde.

SERVEUR

Bonjour Monsieur Colin, vous êtes attendu !
Voulez-vous que je prenne votre pardessus ?

COLIN

Volontiers.

SERVEUR

Voici (*lui tendant un ticket*). Votre table favorite !

COLIN (*à l'homme qui est assis*)

Salut mon bon copain !

FARID

Ola ! Ketal tit' bite !

COLIN

Sayonara, ducon !

FARID

Eh, shalom compadre !

COLIN

On connaît un ami à son art de saluer.
(*ils tombent dans les bras l'un de l'autre*)

FARID

Comment vas-tu ? Et ta petite protégée ?

COLIN

N'en parlons pas !

FARID

Ah ? Elle est encore fâchée ?

COLIN

C'est un euphémisme et l'on peut à la rigueur
D'une vilaine insulte excuser la fureur,
Mais il est difficile avec un cœur sensible
De tenir constamment le rôle de la cible…

FARID

Veux-tu dire qu'elle t'accable de crachats ?

COLIN

Si ce n'était que ça… Elle ne répond pas.

FARID (*souriant*)

Pour donner au silence la valeur d'un drame
Et pour briser Colin, il n'y a qu'une femme !

(*Le portable de Colin tinte. SMS de Jeanne.*)

COLIN

Ah mon Dieu la voilà ! Enfin, elle m'écrit
Je n'en pouvais plus de son absence de cri.

FARID (*indiscret*)

Que dit-elle ? Fais voir ! Est-ce de la tendresse ?
Désirerait-elle que la dispute cesse ?
Quel est son message ? Dis ce que tu as lu !

COLIN (*tout ému*)

C'est un Émoticône en forme de gros cul.

FARID (*solidaire mais dégrisé*)

Désolé mon ami, j'espérais une trêve…

COLIN (*qu'un rien contente*)

Une trêve de Jeanne ? Oh, mon ami, tu rêves !
Je n'osais pas attendre une conciliation
Mais dans un signe d'elle une consolation.
Peu importe qu'elle persiste à être hostile
Je me fiche que mon image l'horripile,
Elle sait que j'existe et ce n'est pas si mal,
Moi je vois un trésor dans ce mot minimal…

FARID

Qu'as-tu dit, mon ami, pour la rendre malade ?

COLIN (*soudain furieux*)

Que sans moi sa carrière était en débandade !

FARID

Aïe !

COLIN

Que je l'ai croisée sur un pauvre casting
Pour un troisième rôle en la série *Camping* !
Que c'est à MOI qu'elle doit d'être un peu connue !
Que sans MOI, elle serait, toute honte bue,
Croupière au casino ou hôtesse d'accueil
Ou accompagnatrice au salon tape-à-l'œil !
Que c'est moi qui l'ai un jour tirée de la boue
Et qui, ensuite, à tous ses rôles se dévoue,
Et c'est être méchante, indigne de Musset
Que de négliger celui qui fit son succès,
Qu'avant de me connaître, elle n'était pas née !

FARID

Et tu t'étonnes qu'elle se soit énervée ?

COLIN

Que dis-je qui soit faux ? Où vois-tu l'invention ?
À qui a-t-elle dû sa première audition ?
Qui l'a convaincue qu'elle incarnerait Camille
Malgré l'hostilité de toute sa famille ?
Et prend son téléphone et sort son agenda

Pour présenter Madame à Ladislas Chollat ?
Pourquoi faudrait-il que toute ma servitude
Soit rémunérée par des flots d'ingratitude ?

FARID

C'est qu'en ton dévouement, tu commets une erreur

COLIN

Laquelle, s'il te plaît ?

FARID

Il ne vient pas du cœur.

COLIN (*indigné*)

Comment ? Mais je l'adore ! Elle est tout ce que j'aime
Rien au monde n'égale mon ardeur extrême !

FARID (*indulgent*)

Et le sait-elle, au moins ?

COLIN

Je lui ai parfois dit…
Mais c'est une évidence ! Et depuis le taudis
D'où je l'ai libérée pour lui montrer les planches
Où jamais avant elle n'avait mis les pieds
Jusqu'au premier Molière, qu'elle m'a dédié,
Si les éloges lui tombent en avalanche
Je reste de son succès le seul artisan !

FARID

Et c'est là que tu te fourvoies. À cet instant !
Tu te donnes des mines de premier démiurge
Alors que tu monnayes tous tes subterfuges,
Tu prends des airs d'ange… Tu n'es qu'un gros malin
Qui ne pense qu'à lui et se tient pour un saint !
Aime-t-on celle à qui, de manière sournoise,
On fait tout ce qu'on peut pour présenter l'ardoise ?
Tu dresses, vaniteux, la liste des bienfaits
Comme si tes cadeaux, elle te les devait !

LE SERVEUR

Messieurs, bonjour ! Voici de la littérature…

COLIN (*que cette interruption soulage un peu*)

Et votre plat du jour ? De nouveau la friture ?

SERVEUR

Oui mais cette fois-ci, ce sont des tempura !

COLIN

Merci mais non merci ! Autant bouffer du chat !
Vais-je virer vegan et prendre une salade…
Ou peut-être la quiche ?

SERVEUR

Ou bien notre grillade ?

COLIN

Disons, le maquereau.

FARID (*hilare*)

Oh, mais c'est fort bien fait !

COLIN (*suspicieux*)

Et pourquoi ris-tu donc, mon ami, s'il te plaît ?

FARID

Et pourquoi pas ? (*au serveur*) Je vous prendrais la persillade
Avec son bel œuf poché.

SERVEUR

Et comme rasade ?

COLIN

Restons sobres. Juste un verre de madiran.

FARID

Pareil pour moi.

SERVEUR
(*habile commentateur de sa propre célérité*)

Et je reviens dans un instant.

FARID (*reprenant*)

Donc, Colin, avant de te parler d'autre chose
Permets-moi de te dire ce qui m'indispose.
Je trouve, entends-moi bien, tout à fait maladroit
De faire comme si tes dons t'ouvraient des droits.
Il est passé le temps où il fallait un ange
Gardien qui couvât la grande Jeanne Mésange !

Elle te doit ses rôles moins qu'à son talent,
Et c'est lui désormais qu'on recherche céans !
En un mot, mon Colin, tu t'y prends comme un âne !
Et ce n'est pas ainsi que tu garderas Jeanne.
Qui brandit sa médaille est de mauvaise foi
Et confond la Lune avec le bout de son doigt.
Veux-tu qu'elle t'adore en dépit du grand âge ?
Fais en sorte qu'elle soit à son avantage
Offre-lui un rôle si beau, si inspiré,
Qu'elle serait folle de te le refuser !
Mais dans l'immédiat, tu te mets dans une impasse
À dresser bilan de toutes tes bonnes grâces ;
À croire que l'amour n'est que de l'addition
Tu ressembles aux fâcheux de la tradition
Qui, ayant de la femme une idée misérable,
Estiment que l'argent les rend plus désirables.
Comment toi qui as joué les rôles de barbon
Peux-tu t'accommoder d'en être un pour de bon ?
Et si…

COLIN (*frappé par la foudre*)

Mais oui, c'est ça ! Quelle idée magnifique !
C'est clair et imparable ! C'est mathématique !

FARID

Ah, de quoi parles-tu ? Quelle idée saugrenue…

COLIN

A germé dans mon cœur ? Ou est tombée des nues ?
C'est toi qui as raison ! Il faut à Jeanneton
Un rôle si joli qu'il soit comme un bonbon…
Un talent principal, dont je sois le démiurge

Un apologue ardent dont je sois dramaturge
Où elle soit au centre et où je sois en haut
Pour que, d'où elle soit, elle me trouve beau !
Que vers mon sommet elle tente l'escalade
Et d'un geste…

LE SERVEUR

Messieurs ! Pour qui la persillade ?

FARID

Pour moi.

LE SERVEUR

Voici… (*à Colin*) Et le maquereau, pour Monsieur !
(*Farid réprime un nouveau rire*)

COLIN (*sombre, interrompu dans son élan*)

Merci.

LE SERVEUR

Tutto bene ?

FARID

On ne peut faire mieux.

LE SERVEUR (*sensible aux éloges*)

C'est ma fierté, Monsieur, j'ose dire mon vice
Et c'est votre agrément qui fera mon délice !
Qui de ces deux Messieurs goûtera donc le vin ?

COLIN (*exaspéré*)

Je ne sais pas, mon vieux ! Je ne suis pas devin !

LE SERVEUR (*refroidi*)

Très bien, Messieurs. (*il laisse la bouteille sur la table, avec le tire-bouchon à mi-chemin, et s'en va*)

COLIN (*finissant de déboucher la bouteille*)

Quel emmerdeur… Où en étais-je ?

FARID

À l'escalade.

COLIN (*retrouvant aussitôt son lyrisme*)

Ah oui ! Au-delà de la neige
Et d'un trait, vers le plus insolent des succès !
Avec moi qui l'attends au sommet des sommets !

FARID (*aux spectateurs*)

Faites pas attention, il a perdu la tête !

COLIN

Et quand bien même ! Est-ce donc cela qui t'inquiète ?
Suffit-il d'adorer pour te sembler dément ?
Bien sûr que je suis fou ! Puisque je suis vivant !

FARID

Soit. Et quel est ce rôle où sur la même scène
Un immense succès, une ambition malsaine
Accordent leurs instruments pour jouer de concert ?

COLIN

Mais c'est évident ! Limpide comme l'éclair !
Visible comme un arbre au centre d'une plaine.
Faut-il vraiment que je me donne cette peine ?
Quel est le personnage où par enchantement
On découvre à la fois le bon Dieu et Satan ?

FARID

Hamlet ?

COLIN

Mais non, connard, je parle d'une femme !

FARID

Est-ce un rôle comique ? Ou bien plutôt un drame ?

COLIN

Eh ! Les deux à la fois.

FARID

Ta réponse désarme.

COLIN (*ivre*)

Quelle ingénue ailée affole son tuteur ?
Quelle femme naïve étonne la pudeur ?
Ah ! Tu ne vois donc pas, alors que c'est énorme !
Comme un bloc d'argile qui attendrait sa forme !
Quelle vierge sublime a prêté son faciès
À la célébration…

FARID

Ah, mon Dieu ! c'est Agnès !

COLIN

Enfin ! Mon ami, tu n'es pas vraiment rapide,
On dirait le coyote qui, tâtant le vide
Du bout de son peton, attend de constater
Que le sol est absent pour bien vouloir tomber.

FARID

Jeanne en Agnès, je vois, mais qui pour jouer Arnolphe ?

COLIN

Devine…

FARID

(*n'osant croire ce qu'il entrevoit*)

Non ?

COLIN

Pourquoi ?

FARID

(*à qui nulle autre rime ne vient*)

C'est la guerre du Golfe !
Vous allez vous entretuer !

COLIN

Mais qu'en sais-tu ?
Jeanne et moi ne nous sommes pas toujours battus !

Qui sait si ma Jeannette, enfin reconnaissante
Acceptera, un jour, de me prendre en amante ?
Et si, émue par la douleur d'un vieux barbon
Elle ne se dira : « Et si c'était le bon ? »

FARID

OK. Qui sait si, te voyant metteur en scène,
Deus ex machina, ouvrier de ta peine,
Ou constatant que tu joues bien les vieux cocus,
Elle ne se dira : « C'est bien fait pour son cul ? »
Qui sait si ta Jeannette, à duper ta carcasse,
Ne songera pas : « Mon Dieu, comme le temps passe ! »
Qui sait si voyant que le rôle est fait pour toi…

COLIN

Mais vas-tu cesser de m'ensevelir de froid ?
Tu as raison peut-être, après tout je m'en moque…
(*lyrique*) Je suis intemporel et je défie l'époque !
Mes artères ont vieilli mais j'ai le sang chaud,
C'est un cœur de jeune homme qui bat sous ma peau !

FARID

Mon ami, tu es fou, entends ce que j'en pense,
Tu seras le cocu de cette contredanse !

COLIN

Cocu, c'est vite dit. Je m'en vais de ce pas
Convaincre Jeanne que mon idée de spectacle
Vaut mieux que l'envie de faire du cinéma !
Si j'y parvenais, ce serait un vrai miracle…

(*rêveur*)
Jeanne jouant Agnès et sous ma direction…
Je te laisse payer, mon ami, l'addition !

(*il reprend son pardessus et file précipitamment*)

Acte I

Scène 2

JEANNE – COLIN

Jeanne est en petite culotte et débardeur, infiniment sexy, en lotus sur un vaste fauteuil où elle checke son fil Insta en tirant de grosses bouffées d'une cigarette électronique en forme de grenade et en chantonnant « Bébé veut du sale, allô allô allô… »

COLIN (*timidement*)

Jeanne ?
(*elle ne répond pas*)
Jeannette ?
(*Silence obstiné. Colin se met à chantonner.*)
« Jeanneton prend sa faucille… »

JEANNE

Je t'ordonne de t'arrêter !

COLIN (*toujours chantant*)

Gare au goriiiiiiille… !
(*long soupir exaspéré de Jeanne*)
Tu pourrais au moins me regarder !

JEANNE

Pas envie.

COLIN

Alors que je m'apprête à embellir ta vie,
À servir ta carrière et à t'offrir un choix
Si tentant que…

JEANNE (*désabusée*)

Ce serait la première fois !

COLIN

Ah non, vraiment, pardonne-moi, tu exagères !

JEANNE

J'exagère ? Ne fais pas le malin, grand-père !
Et quelle joie, dis-moi, est-ce que je te dois ?
Qu'as-tu donc fait pour moi ? Je veux dire… pour moi !
Et pas pour l'idée que tu te fais de toi-même !

COLIN

C'est moi qui t'ai appris comment dire « je t'aime » !
Et qui t'ai tant aidée à tes petits débuts…

JEANNE (*dans un éclat de rire*)

Comme si m'aider avait été le seul but !
Ah oui tu m'as aidée quand j'étais si jolie
Que, soi-disant, c'était pour « protéger ma vie »
Que, lorsque les castings voulaient mon numéro
Tu refusais de le leur donner… dans mon dos !

Oui tu m'as bien aidée quand, après mon Molière
Tu m'as dit que, peut-être, en restant à l'arrière,
J'aurais le vrai destin, le louable fardeau
D'aider le grand Colin à « conquérir le Beau » !
Oui tu m'as bien aidée, bien gardée sous le coude,
Et bien manipulée, à vouloir que je boude
Alors que des acteurs, des vrais, du cinéma,
Se disputaient l'honneur de m'offrir un contrat !
À me faire discours sur « l'art et la formule »
Tandis que tu me laissais croupir dans ma bulle !
Et ces mille auditions où tu m'accompagnais,
Et où tu te mettais à réciter Bossuet
Dans l'espoir qu'à toi-même, une gérontophile
Offre un second rôle dans sa série débile !
Oui, tu m'as bien aidée, j'ai eu tort de m'y fier,
(*soudain lyrique à son tour, et finissant en sanglots*)
Que ne suis-je partie de ce pénitencier ?

COLIN (*à genoux*)

Tu es injuste et méchante et toute à ta haine,
Tu accrois mon chagrin en négligeant ma peine.

JEANNE (*sarcastique*)

Voilà Calimero ! Où est la caméra ?
Combien de témoins faut-il à ton cinéma ?
Cesse de jouer les victimes de ma colère
Assez de poser ton vilain genou à terre !

COLIN (*toujours à genoux*)

C'est qu'à tout crime il faut un si grand châtiment
Qu'on s'élève à se donner l'air d'un pénitent…

JEANNE (*ironique*)

L'homme ose se prendre pour un Dostoïevski
Alors qu'il tremblait que je visse Polanski…

COLIN (*indigné, se relève*)

Comment oses-tu mettre cela sur la table
Alors que je t'ai sauvée des griffes du diable ?

JEANNE

Vraiment ? Du diable ? Mais quand moi je t'ai sucé
J'étais mineure, non ? Dois-je le rappeler ?

COLIN

Ce n'était pas pareil. Tu étais consentante…

JEANNE (*impitoyable*)

Parce que j'ai dit oui, fallait-il que tu tentes ?
Non, mon salaud ! Tu peux présenter tes adieux
Aux gâteries que tu voulais que je t'impose,
Je ne suis pas née pour apaiser l'andropause !
Il est loin le temps où je te croyais un Dieu.
Fini le temps passé à donner des caresses
Au vieux cochon qui m'a pris toute ma jeunesse !
J'ai fini d'apporter ton petit déjeuner
C'est toi seul maintenant qui feras ton café !
Tu dis que je suis libre et que je suis très forte ?
Eh bien, tout est fini. Petite chatte est morte !
Quand je pense à ces heures où tu racontais
Que c'était pour mon bien que tu me séquestrais
Et que, pour tout gagner, il fallait que je perde !
Moi je me lève. Je me casse et je t'emmerde !

COLIN

Et où vas-tu ?

JEANNE

Dans ma chambre !

COLIN

Combien de temps ?

JEANNE (*claquant la porte*)

Le temps que tombent toutes tes dernières dents !

COLIN (*dans sa barbe*)

Bon. Moi, j'avais quand même une bonne nouvelle…
(*haut et fort*)
Mais je la garde pour moi !

JEANNE (*en qui le calcul de l'intérêt le dispute spontanément à la colère, et qui ouvre la porte*)

Je m'en fous... Laquelle ?

COLIN (*inaccessible*)

Oh non, je crois qu'elle ne t'intéresse pas.

JEANNE

On verra ça. Est-ce encore un de tes coups bas ?
Attention !

COLIN (*sentant l'avantage*)

Non. Mais c'est une idée de génie
Qui à d'autres que toi fera peut-être envie ?

JEANNE

Mais qu'en sais-tu, papa ? Qui te rend si certain
De savoir mieux que moi tout ce qui me convient ?
Si je n'étais pas là pour te combler la vue
Tu serais un vieillard qui mendie dans la rue !
Et de quel droit vas-tu décider à ma place ?

COLIN

De me faire la guerre n'es-tu jamais lasse ?

JEANNE

Dis-moi donc ton idée !

COLIN

Insiste encore un peu ?
Je suis déjà prêt à faire ce que tu veux.

JEANNE (*fière ou minaudant, c'est selon*)

Ça ne te suffit pas de m'avoir humiliée ?

COLIN

Non, il me faut aussi te voir exaspérée
Et que tu me supplies de te dire le truc
Qui rendra aussitôt nos différends caducs…
Je veux te voir à ton tour en femme soumise
Qui voudrait que son seigneur, enfin, tout lui dise…
Allez ! À genoux ! Les mains jointes s'il te plaît !

JEANNE (*ivre de rage*)

Regarde ton caca ! Tu verras ton portrait !

COLIN (*récitant*)

« Je l'aimais obstiné d'un amour téméraire
Mais elle m'a traité d'animal stercoraire… » (*Jeanne re-claque la porte*)
N'oublie pas d'avertir quand tu n'es plus chafouin !
Une idée peut prendre froid si elle est…

(*tête de*) JEANNE

Colin ?

COLIN (*ingénu*)

Est-ce à moi que tu parles ?

JEANNE

À qui donc, animal ?

COLIN

Je t'écoute.

JEANNE (*trépignant*)

Dis-moi !

COLIN

Tu le demandes mal !

JEANNE

S'il te plaît !

COLIN

Oh, mais Jeanne, pour que ça me plaise,
Il faudrait que tu sois bien plus…

JEANNE (*prête à tout*)

Tu veux qu'on baise ?

COLIN (*crachant le morceau*)

Mais non, je veux que tu interprètes Agnès !

JEANNE

Hein ? Pardon ?

COLIN (*s'engouffrant dans la brèche*)

Imagine un décor de Méliès,
Une Agnès indécente et divine ingénue,
Et moi qui jouerais le barbon tombé des nues !
Tu pourrais tous les soirs tourner en dérision
Mes lubies de vieillard et mes suppositions
Tu pourrais te moquer de mon sort de bourrique
À l'orgueil insensé…

JEANNE (*charmée*)

À l'ego fantastique !

COLIN

C'est qu'en cette matière je suis objectif
Et que je n'imagine aucun autre adjectif !
(*les yeux brillants*)

Si *L'École des femmes* était une trêve ?
Si, au lieu de nous battre, nous faisions un rêve ?

JEANNE

Mon Colin, j'y consens. Mais à la condition
Qu'on s'en partage tous les deux la direction.

COLIN (*stupéfait*)

Quoi ? Maintenant tu veux faire metteur en scène ?

JEANNE

On dit « metteuse » et je veux partager ta peine !

COLIN

Oui bien, ça va ! Je ne suis pas un cacochyme !

JEANNE

Je serai ton Robin dans cette pantomime
Ou qui sait ? Peut-être toi seras-tu le mien ?

COLIN (*que son lyrisme reprend comme un feu mal éteint*)

Autant m'asseoir sur la gueule ouverte d'un chien !
Je veux pourrir vivant d'une sale fistule
Avant d'être mâché par tes deux mandibules !

JEANNE

Tu es emphatique ! Et ramènes tout à toi !
Comme tu joues déjà les affreux rabat-joie !
Colin, si tu veux monter *L'École des femmes*

Il faudra supporter mes humeurs et mes drames
Et ne jamais contester mes observations
Si tu veux conserver deux ou trois fellations !

COLIN

Infâme traîtresse ! Sais-tu combien de dames
Adoreraient téter le bout de ma tam-tame ?

JEANNE

Arrête de donner des surnoms africains
Au zizi que tu as marié avec ta main !
Si d'autres te pompaient, ça ferait des vacances
À la dernière femme à caresser ta panse !
Ou bien ferme ta bouche et consens à mes choix
Tous plus pertinents que tout ce qui vient de toi.

COLIN

Avec mon idée, je suis soudain mal à l'aise…

JEANNE (*enchantée*)

C'est que, cette fois, elle n'était pas mauvaise !

Acte I

Scène 3

JEANNEE – COLIN – NATHAN

JEANNE et COLIN sur deux sièges du premier rang regardent passer un candidat. Jeanne tient entre ses mains le marteau d'un commissaire-priseur, dont elle tape régulièrement pour dire son enthousiasme (ou sa fureur).

COLIN

Quel âge avez-vous dit ?

CANDIDAT

J'ai dix-neuf ans, Monsieur.

COLIN

Ah non, ça ne va pas, ce n'est pas assez vieux ! Il n'est pas temps…

JEANNE (*chantant*)

« Méditez l'impartial message…

COLIN (*furieux*)

Oh, la barbe !

JEANNE (*toujours chantant*)

D'un qui nous vient du troisième â-âge… » (*Colin soupire*)
Vous dites, Monsieur, que vous avez dix-neuf ans ?

CANDIDAT

Dix-huit en vérité, mais dix-neuf au printemps.

JEANNE

Il sait mentir ! C'est de bon augure, je trouve !

COLIN

Préférerais-tu donc qu'il joue ce qu'il éprouve ?
Heureusement qu'il ment ! S'il ne nous mentait pas
Ce serait un enfant.

JEANNE (*gaie*)

Ou un type sympa ?

COLIN (*tendrement*)

Jeanne ! Une jolie fleur dans une peau de vache !

JEANNE (*sur le même ton tendre*)

Attention ! Si tu me contredis, je me fâche !

COLIN

Mais qu'est-ce qui m'a pris le jour où j'ai cru bon
De m'attacher…

JEANNE (*tapant du marteau*)

Tais-toi, promesse de jambon !
Combien de temps iras-tu me rompre la tête ?
Fais silence, Colin ! Ou je te baïonnette !
Et laisse-moi donc écouter ce candidat
Interpréter Horace… (*gourmande*) et mimer nos ébats.

CANDIDAT-HORACE
(*la suite du dialogue est extrait*
de L'École des femmes *et c'est Colin qui,*
depuis son fauteuil, donne la réplique à l'impétrant)

À ne vous rien cacher de la vérité pure,
J'ai d'amour en ces lieux eu certaine aventure,
Et l'amitié m'oblige à vous en faire part.

COLIN-ARNOLPHE

Bon ! voici de nouveau quelque conte gaillard ;
Et ce sera de quoi mettre sur mes tablettes.

CANDIDAT-HORACE

Mais, de grâce, qu'au moins ces choses soient secrètes.

COLIN-ARNOLPHE

Oh !

CANDIDAT-HORACE

Vous n'ignorez pas qu'en ces occasions
Un secret éventé rompt nos prétentions.
Je vous avouerai donc avec pleine franchise
Qu'ici d'une beauté mon âme s'est éprise.

Mes petits soins d'abord ont eu tant de succès,
Que je me suis chez elle ouvert un doux accès ;
Et sans trop me vanter ni lui faire une injure,
Mes affaires y sont en fort bonne posture.

COLIN-ARNOLPHE, riant.

Et c'est ?

CANDIDAT-HORACE,
(fixant soudain Jeanne des yeux,
avec une intensité prodigieuse)

Un jeune objet qui loge en ce logis
Dont vous voyez d'ici que les murs sont rougis ;
Simple, à la vérité, par l'erreur sans seconde
(regard furieux vers Colin) D'un homme qui la cache au commerce du monde,
Mais qui, dans l'ignorance où l'on veut l'asservir,
(se tournant de nouveau vers Jeanne) Fait briller des attraits capables de ravir ;
Un air tout engageant, je ne sais quoi de tendre,
Dont il n'est point de cœur qui se puisse défendre.
Mais peut-être il n'est pas que vous n'ayez bien vu
Ce jeune astre d'amour de tant d'attraits pourvu :
C'est…

JEANNE
(l'interrompant, ravie, et tapant du marteau)

Jeanne !

COLIN

Hein ? Pardon ?

JEANNE

C'est Jeanne qu'on m'appelle !

COLIN (*scandalisé*)

As-tu perdu la tête, jeune pimprenelle ?
À prendre pour toi-même un pareil compliment ?
Est-ce toi qui disais : « C'est merveilleux, il ment » ?
Vas-tu prendre un comédien au pied de la lettre ?
Et dans quel embarras risques-tu de nous mettre
À te faire avoir par des candidats menteurs
Qui riront de nous deux comme des amateurs ?
Faut-il te rappeler qu'ici c'est un théâtre ?
Avec un décor, des rideaux et puis du plâtre ?

JEANNE

Ô vieillard malcontent, calme donc tes fureurs
Et cesse de me voir en jeune fille en fleur !
Je sais bien que l'acteur n'est pas exactement
Celui qu'il imite, mais si c'est mon amant,
Je réclame au nom d'une authentique expertise
À me prendre au jeu et tâter la marchandise !

COLIN

(*que la grossièreté sporadique de Jeanne continue, étonnamment, de surprendre*)

Et donc, exactement, que veux-tu dire là ?

JEANNE (*tapant du marteau*)

Que je m'envoie en l'air si tu ne te tais pas !
Crois-tu donc que je sois née de la pluie dernière ?

Et que je n'aie jamais de pensée de derrière ?
(*à Horace*)
Continuez, bel Horace, sans faire attention
Au cacochyme obtus et ses divagations…
Voyons si vous savez personnifier mon rêve
D'innocente candide qui vou…

COLIN-ARNOLPHE (*reprenant l'audition*)

Ah ! je crève !

CANDIDAT-HORACE (*dans son rôle*)

Pour l'homme,
C'est, je crois, de la Zousse ou Souche qu'on le nomme :
Je ne me suis pas fort arrêté sur le nom ;
Riche, à ce qu'on m'a dit, mais des plus sensés, non ;
Et l'on m'en a parlé comme d'un ridicule.
Le connaissez-vous point ?

COLIN-ARNOLPHE (*furieux*)

La fâcheuse pilule !

CANDIDAT-HORACE

Eh ! vous ne dites mot ?

COLIN-ARNOLPHE (*sombre*)

Eh ! oui, je le connoi.

CANDIDAT-HORACE

C'est un fou, n'est-ce pas ?

COLIN-ARNOLPHE

Eh...

CANDIDAT-HORACE

Qu'en dites-vous ? quoi ?
Eh ? c'est-à-dire oui ? Jaloux à faire rire ?
Sot ? Je vois qu'il en est ce que l'on m'a pu dire.

JEANNE (*enchantée, tapant du marteau*)

Si ce n'était que ça ! Sot à manger du foin !

COLIN (*jaloux, au fond*)

Mais tu vas la fermer, cervelet de marsouin,
Au lieu de gratifier d'un généreux sourire
Le comédien qui peut le meilleur et le pire ?
Faut-il toujours t'apprendre, ô esprit imparfait,
Que l'acteur ne sent rien de ce qu'il contrefait ?
Que plus il est émouvant, moins il est sincère
Et qu'il est essentiel, pour gagner le parterre
D'avoir dans sa besace, à sa disposition,
Le plus large éventail des grandes émotions ?
Je ne suis pas Arnolphe, et ce petit bonhomme
Un premier candidat – qui est à peine un homme –
N'est pas du tout Horace, encor moins ton amant,
C'est pour ça qu'à l'entendre on croit qu'il l'est vraiment !

JEANNE

Tu t'écoutes parler. Tu dis n'importe quoi.
Moi je te dis qu'un rôle, pour être adéquat,
Est fait des passions dont nous avons l'expérience

Et pour un acteur, sa vie fait toute sa science !

COLIN (*hautain*)

Regardez la gamine donner des leçons !
Et dénigrer le génie des contrefaçons !

JEANNE

Parle plus gentiment de la pauvre orpheline
Dont tu aurais voulu faire ta concubine !
Que tu enfermes en faisant passer pour folle !

COLIN (*rire forcé*)

Hein ? Comment ? Enfermée ? Dis-moi que tu rigoles !
Alors que c'était pour préserver l'avenir
Que je t'ai empêchée (rarement) de sortir !
Ai-je offert ma santé et tout mon répertoire
À une ingrate qui réécrit son histoire
En se faisant passer pour l'objet de plaisir
Du bienfaiteur qu'il eût mieux valu de chérir ?

JEANNE

Qui réécrit l'histoire et reprend les annales
En faisant de ma gueule une femme vénale ?
Et qui, par ses sorties, nous met dans l'embarras,
Moi, la chaise, la scène et notre candidat ?

COLIN (*définitif*)

Ce comédien-là n'est pas davantage Horace
Qu'un percheron de trait n'a le sang d'un pur race !
C'est tout ce que je sais. Et tout ce que je dis.
Cesse de chercher quatorze heures à midi !

JEANNE

Et crois-tu que ce qui fait la grandeur d'un acte
Soit de se contenter de donner l'heure exacte ?
Si tu ne l'aimes pas, c'est parce qu'il me plaît
Alors que, pour le rôle, il est plus que parfait !

CANDIDAT (*doigt levé*)

Dans cette controverse, ai-je mon mot à dire ?
(*les deux s'interrompent et le regardent, sidérés*)

COLIN (*railleur*)

Il parle maintenant ! Tout va de pire en pire !
(*dans sa barbe*)
Ô la funeste époque, où l'on tient comme acquis
Le droit de s'exprimer pour un non pour un oui…
(*au candidat*) Qu'est-ce que ton avis ? Parle donc ! Je t'écoute !
Dis-moi tes opinions ! Partage-moi tes doutes !

JEANNE (*vigilante*)

Partage-*nous* tes doutes et tes observations
Et *nous* t'accorderons toute notre attention !

COLIN

Vas-tu nous éclairer sur le métier d'actrice ?
Et ce qui distingue l'acteur de l'amatrice ?

JEANNE

Nous diras-tu comment le beau rôle d'acteur
A été galvaudé par des contrefacteurs ?

COLIN (*dont le ton monte*)

Peux-tu exposer cette insolente diablesse
À la honte d'être dupée par tes caresses ?
Et que pour incarner le rôle d'un amant
Il faut posséder l'art de faire compliment
Sans en rien éprouver : tout est dans le paraître !
Un acteur ne saurait être pris à la lettre !

JEANNE
(*dont la colère est, elle aussi,*
de moins en moins contenue)

Expliqueras-tu donc à cet âne bâté
Qu'une femelle excelle en l'art de simuler ?
Mais nulle compétence à part la jalousie
Ne commande de faire une dichotomie
Entre un homme qui joue et un homme qui jouit
Car c'est le même corps et le même méchoui !
Je ne suis pas la dupe de ton éloquence
Quand je fais comme si c'est à moi que tu penses !
Tu peux certes camper un Horace de choix
Sans t'être éperdument énamouré de moi,
Mais pour que dans ce rôle tu sois à ton aise
Il faut bien que, quand même, un petit peu, je plaise...

COLIN

Le corps est une chose, une autre en est l'esprit,
Ce que nous incarnons, c'est ce qu'on s'est prescrit.
Jeanne veut se convaincre qu'il faut qu'elle plaise
Alors qu'un bon acteur peut aimer une chaise !

JEANNE (*explosant*)

Ou un vieux croûton d'au moins soixante-cinq ans,
Qui porte une pustule au méat de son gland !

COLIN

(*à qui son dernier mot d'esprit donne la force de ne pas répondre à cette pique*)

Ah ! C'est assez parlé ! (*à Horace*) À toi, donc, camarade !
Et sans plus lambiner, éclaire la naïade
Sur le fait qu'un acteur, pour jouer correctement
Ne doit rien éprouver de ces emportements !

JEANNE (*qui veut le dernier mot*)

Oui, parle ! Et montre-nous, du haut de ta jeunesse,
Que ce vieillard atteint des sommets de bassesse
Et que c'est l'amertume qui dicte au croulant
De trouver que tes envolées sont faux-semblants !

COLIN

Mais laisse-le parler, cesse de l'interrompre !

JEANNE (*hystérique, tapant du marteau, puis terminant par les trois coups du théâtre*)

La tête davantage arrête de me rompre !

CANDIDAT-HORACE

Je trouve, Madame, que Monsieur a raison.

JEANNE

Hein ? Quoi ? Comment ?

COLIN

Le bellâtre n'est pas si con !

CANDIDAT-HORACE

Les émotions que vous m'avez vu contrefaire
Vous auriez pu (et dû) les prendre à la légère
Car plus je vous parlais moins je pensais à vous,
Depuis quand la folie sert-elle à jouer les fous ?
Je suis un débutant, un comédien novice
Et j'en ai sûrement la faiblesse et les vices,
Pourtant j'ai retenu, en lisant Diderot
Qu'il n'est pas nécessaire d'éprouver les maux
Et qu'on imite mieux ce qu'on ne ressent guère
Car le vrai talent veut qu'on ne soit pas sincère !
L'émotion qu'on éprouve est comme un handicap
Dont il faut se défaire et surmonter le cap.
L'amoureux sentiment que feint un cœur de pierre
Ne peut jamais jaillir de l'âme tout entière !
Il faut au grand théâtre un cœur indifférent.
Se méfie-t-on assez de ces intempérants
Qui cédant au plaisir d'éprouver ce qu'ils disent
Croient que c'est en marquis qu'ils plaisent aux marquises ?

COLIN (*émerveillé*)

Qu'il est intelligent ! Cet Horace est le bon !

JEANNE (*versatile*)

À choisir un acteur, je te trouve bien prompt !

COLIN (*railleur*)

C'est toi qui me dis ça ? Et c'est toi qui hésites ?
Après avoir été première prosélyte ?
Pourquoi donc aurais-tu changé ton opinion
Sur celui que, tantôt, tu trouvais si mignon ?
(*soudain didactique*)
Et puis le résultat passe après la méthode :
À quoi bon s'indigner qu'il soit aux antipodes
Si grâce à la distance, il se trouve au plus près
De celui qu'il incarne par ce fait exprès ?
(*simplifiant son propos, devant le regard incrédule de ses interlocuteurs*)
Chacun fait ce qu'il veut ! L'essentiel est la scène.

JEANNE (*de mauvaise foi*)

Ta mauvaise foi, Colin, me fait de la peine !
(*désignant le candidat dont elle parle à la troisième personne*)
Je le trouve mauvais, dépourvu du talent
Qu'il se flatte d'avoir en singeant mon amant.
Et puisqu'il ne sent rien, qu'il aille en pénitence
Dans un monastère, pratiquer l'abstinence !
J'ai besoin qu'on m'aime ! Qu'on me désire enfin !
Je ne suis pas un plat pour qui n'a pas de faim. (*tape rageusement de son marteau*)

COLIN (*paternaliste*)

Aspirant-Candidat ! Ne prends pas à la lettre
L'humeur volatile de ce marteau sans maître !
Ne sois pas affolé par ses objurgations
Songe que femme en rage est aveu de passion.

Dis-toi qu'en se plaignant, elle fait la coquette,
Qu'elle a pour elle-même un amour centripète
Et que ce qui la chagrine en ta confession,
Ce qui l'insupporte et qui lui fait abjection,
Ce qui lui paraît une torture innommable
Et suscite, chez elle, un courroux formidable,
Est que tu sois capable de faire semblant
D'aimer de tout ton cœur sans adorer vraiment !
Et qu'elle n'ait pas la ressource bien commode
D'imputer à ton goût ce fatal épisode...
Ah ! S'il était homo, on saurait la raison,
Nul n'est commandeur de sa propre bandaison !
Mais que tu sois banal, hétéro sans vergogne
Et que de son minois, en acteur, tu te cognes,
Est insupportable à ce pinson innocent
Qui vit d'inspirer du désir à tout passant...

JEANNE

(*cherchant ses mots, tant la fureur la déborde*)

Et que moi... je te regarde avec... gourmandise
Est intolérable à cette... baderne grise !

CANDIDAT-HORACE

Et pourtant je l'avoue, même si c'est fatal
À mon personnage d'amant sentimental,
Je suis homosexuel, et quoi qu'il *nous* en coûte
N'ayez sur ce sujet pas le début d'un doute.

COLIN

Horreur ! Épouvante ! Veux-tu dire qu'en soi
Si les charmes de Jeanne te laissent si froid...

CANDIDAT-HORACE

Ce n'est pas pour avoir trouvé Jeanne ordinaire
Mais c'est que les hommes sont mon unique affaire.

COLIN

Je ne veux pas de toi. Entre nous, c'est fini.
(*tragique*) Va-t'en ! Adieu ! Retourne chez Morandini !

CANDIDAT-HORACE (*vaguement insolent*)

Qu'y puis-je si vous y voyez une défaite ?
En amour la femme n'est pas du tout mon fait...

COLIN (*social-démocrate à regret*)

Bien sûr, évidemment, ce n'est pas interdit
Qui te ferait le grief de tes préférences ?
Ton goût pour le masculin n'est pas une offense,
Mais éveille un doute sur tout ce que j'ai dit,
Et ne me facilite...

JEANNE (*cassante*)

Et n'est-ce donc pas toi
Qui dis qu'au théâtre contrefaçon fait loi ?
Comme je le comprends ! Maintenant tout s'explique
Et je veux bien croire que tu feins tes suppliques...
Il est homosexuel ! Colin, c'est merveilleux !

COLIN

D'où vient tant d'allégresse ? En quoi est-ce donc mieux ?

JEANNE

Cela veut dire que, pour que tu t'en souviennes,
Je n'ai rien perdu de ma séduction pelvienne !
Et que si ce blanc-bec préfère les garçons
Ce n'est pas que je sois devenue un glaçon.
Qu'il ait ce goût-là ne change rien à son rôle
Et bien des toits sont faits de la mauvaise tôle !
Vous serez donc Horace et cette décision (*à Colin*)
N'acceptera pas la moindre contestation !
Compris ?

COLIN

Jeanne a parlé ! Il faut que je me taise !
Mais je me sens comme l'œuf de la mayonnaise.

CANDIDAT-HORACE (*fayot*)

Et quant à moi, Madame, et la main sur le cœur
Je vous promets de ne pas manquer à l'honneur
De vous complaire en tout et de dire « je t'aime »
Avec autant de feu que si Amour lui-même
En était le souffleur, et de vous persuader
Que je ne suis bâti que pour vous adorer.

COLIN
(*dont les réflexions, bizarrement,
lui viennent à haute voix*)

Comment un inverti sait-il parler aux dames ?
Qui lui a enseigné à corrompre leurs âmes ?
Je vois dans cet aveu baleine sous caillou…
Si le bougre…

JEANNE

Tu as des pensées de jaloux !
De geôlier, de barbon aux intentions douteuses,
Alors que *mes* pensées sont toutes amoureuses.
(*à Horace*) Si tu y réussis, je m'en contenterai
Peu importe que tu regardes mes attraits
Comme s'ils n'étaient rien, que j'étais ordinaire,
Comme si j'étais, MOI, quelque chose à parfaire !
Tant pis pour mon orgueil, mon ego passe après.
Mais sur scène en revanche, on se fout des secrets !
Tu dois être émouvant, convaincant et sublime
Ou bien tu connaîtras mes colères ultimes !
Avons-nous un accord ? Et quel est ton prénom ?

CANDIDAT-HORACE

C'est Nathan qu'on m'appelle. Ismaël est mon nom.

COLIN

Nathan et Ismaël ? Voilà du syncrétisme !
Tant que tu sais ton rôle comme un catéchisme
Et que tu contrefais imperfectiblement
Les élans, les chagrins du cœur de son amant,
Tu seras l'élu ! La vérité, si je mens !

NATHAN

Et dans cette jolie rime supplémentaire
Mon cœur entend un peu ce qu'on a peine à taire.
Merci à tous les deux ! Serai-je à la hauteur ?
Nul ne peut en juger, sinon le spectateur !

Acte II

Scène 1

COLIN – JEANNE

Colin et Jeanne, en Arnolphe et Agnès,
répètent la scène 5 de l'acte II
de L'École des femmes.

JEANNE-AGNÈS

Qu'avez-vous ? vous grondez, ce me semble, un petit ?
Est-ce que c'est mal fait ce que je vous ai dit ?

COLIN-ARNOLPHE

Non. Mais de cette vue apprenez-moi les suites,
Et comme le jeune homme a passé ses visites.

JEANNE-AGNÈS

Hélas ! si vous saviez comme il était ravi,
Comme il perdit son mal sitôt que je le vi,
Le présent qu'il m'a fait d'une belle cassette,
Et l'argent qu'en ont eu notre Alain et Georgette,
Vous l'aimeriez sans doute et diriez comme nous...

COLIN-ARNOLPHE

Oui. Mais que faisait-il étant seul avec vous ?

JEANNE-AGNÈS

Il jurait qu'il m'aimait d'une amour sans seconde,
Et me disait des mots les plus gentils du monde,
Des choses que jamais rien ne peut égaler,
Et dont, toutes les fois que je l'entends parler,
La douceur me chatouille et là dedans remue
Certain je ne sais quoi dont je suis tout émue.

COLIN-ARNOLPHE (*à part*)

Ô fâcheux examen d'un mystère fatal,
Où l'examinateur souffre seul tout le mal !
(à Agnès)
Outre tous ces discours, toutes ces gentillesses,
Ne vous faisait-il point aussi quelques caresses ?

JEANNE-AGNÈS

Oh tant ! Il me prenait et les mains et les bras,
Et de me les baiser il n'était jamais las.

COLIN-ARNOLPHE

Ne vous a-t-il point pris, Agnès, quelque autre chose ?
(la voyant interdite)
Ouf !

JEANNE-AGNÈS

Hé ! il m'a...

COLIN-ARNOLPHE

Quoi ?

JEANNE-AGNÈS

Pris...

COLIN-ARNOLPHE

Euh !

JEANNE-AGNÈS

Le...

COLIN-ARNOLPHE

Plaît-il ?

JEANNE-AGNÈS

Je n'ose,
Et vous vous fâcherez peut-être contre moi.

COLIN-ARNOLPHE

Non.

JEANNE-AGNÈS

Si fait.

COLIN-ARNOLPHE

Mon Dieu, non !

JEANNE-AGNÈS

Jurez donc votre foi.

COLIN-ARNOLPHE

Ma foi, soit.

JEANNE-AGNÈS

Il m'a pris... vous serez en colère.

COLIN-ARNOLPHE

Non.

JEANNE-AGNÈS

Si.

COLIN-ARNOLPHE

Non, non, non, non. Diantre, que de mystère !
Qu'est-ce qu'il vous a pris ?

JEANNE-AGNÈS

Il...

COLIN-ARNOLPHE (*à part*)

Je souffre en damné.

JEANNE (*elle-même*)

Il m'a pris… par-derrière comme un forcené !

COLIN (*furieux*)

Jeanne !

JEANNE (*hilare*)

Quoi ?

COLIN (*grammatical*)

Mais que fais-tu donc du COD ?
On ne dit pas « il m'a pris » mais « il m'a prise » !

JEANNE

À tous égards, ton observation me dégrise !
Depuis quand le désir, pour être satisfait,
Exige-t-il un langage plus que parfait ?

COLIN

C'est que je te connais ! Je sais que tu te vantes !

JEANNE

Il n'est pas dit qu'à ce sujet toujours je mente !
Et j'ai bon espoir que, sur un malentendu,
Nathan tourne ses vœux de mon cœur à mon cul.

COLIN

Pourrais-tu un peu te concentrer, votre grâce ?

JEANNE

Non.

COLIN

Hein ?

JEANNE

De répéter avec toi je suis lasse,
Et vais plutôt, Colin, checker mon fil Insta
As-tu vu la story sur la femme sans bras ?

COLIN

Hein ?

JEANNE (*tendrement*)

Tu ne comprends rien de ce que je raconte...
Un compte Insta, c'est de l'hébreu pour mon Géronte !
C'est à la main que Papi écrit son courrier,
Avec une plume, sur du joli papier,
La moindre invitation est une belle lettre !

COLIN (*vexé – on le comprend*)

Ton langage SMS, c'est mieux écrit, peut-être ?
Ces petits cœurs carmin, en nombre indéfini,
Comme on dirait « je t'aime » au moindre graffiti !
Impossible d'écrire un truc sans que d'un pouce
Un anonyme approuve, une copine glousse !
Aux deux points parenthèse et tous ces mots tronqués
Je préfère de loin les tours alambiqués
De l'amoureux éperdu, nanti de sa plume
Greffier des souvenirs, orpailleur dans la brume
Où il puise sans honte, avec hésitation,
La pépite d'amour aux mille tentations.
Oui je préfère écrire en complets caractères
Aux mots qui se terminent par PTDR !
Et mimer par mon style un neveu de Rameau
À ces petites croix, ces petits animaux :
OKLM pour affirmer qu'on est tranquille
TKT pour « t'inquiète » ou posay, pépouz, chill !
Ces compliments de merde auxquels tu te résous,

« Trop mignon, trop chou, merci chérie, gros bisous »
Ou ce bonhomme jaune souriant ou grognon
Selon l'émotion dont il se veut le fanion,
Qui fait d'un SMS un aberrant rébus…
Qu'on a lu tout entier quand on lit le début.
Mais le pire, sais-tu, c'est ce genre de dièse,
Un vilain croisillon dont tu dotes les mots,
Lesquels, embarrassés, encombrés, mal à l'aise
Deviennent aussitôt d'un bleu couleur tableau !

JEANNE (*pleurant de rire*)

Tu as le blues, Colin ? C'est peut-être un complot ?
Sais-tu qu'en dotant les mots de cette manière
On se donne moyen d'en compter la bannière ?
Peut-être ignores-tu qu'on les appelle « hashtags » ?

COLIN (*rageux*)

Est-ce le nom finnois d'un spectacle de gags ?
(*mélancolique*)
Je sais qu'à tes yeux je suis une proie facile
Et que tu jubiles de me voir imbécile
Ou empoté devant les rites du présent.
Ah, comme il est ballot, comme il est assommant !
Comme il est vieux, têtu, ou bien d'arrière-garde,
Et que ses opinions sont méchamment ringardes !
Tu sais quoi ? Je m'en fous ! Et si je dis « soulier »
Ou bien « Antenne 2 », suis-je particulier ?
Quand chacun de tes choix se limite à la mode
Je me suis donné une tout autre méthode :
Quand ta vie se résume à être de ton temps
Je trouve en nostalgie un abri consistant.
(*retrouvant son lyrisme*)

Je suis l'Albatros titubant sur sa barcasse
Et refuse à jamais que le temps me dépasse !

JEANNE (*prosaïque*)

Oui mais il est midi et si tu tiens toujours
À maîtriser Arnolphe avant la fin du jour,
Il faudrait, mon Colin, qu'on reprenne la scène
À l'endroit précis de mon allusion obscène.

COLIN
(*qui devient rêveur à mesure qu'il s'écoute parler*)

Tu as raison, Jeannette, il est temps, reprenons,
D'autant que je n'ai rien à voir avec ce con.
Ce vieillard, ce mourant, ce vilain barbon blême,
Qui se fait dévorer en imposant carême,
Le coquin qui se jouera de moi n'est pas né…

JEANNE-AGNÈS
(*reprenant son rôle et interrompant Colin*)

Il m'a pris le ruban que vous m'aviez donné.
À vous dire le vrai, je n'ai pu m'en défendre.

COLIN-ARNOLPHE (*reprenant haleine*)

Passe pour le ruban. Mais je voulais apprendre
S'il ne vous a rien fait que vous baiser les bras.

AGNÈS

Comment ? Est-ce qu'on fait d'autres choses ?

ARNOLPHE

Non pas.

Mais pour guérir du mal qu'il dit qui le possède,
N'a-t-il point exigé de vous d'autre remède ?

AGNÈS

Non. Vous pouvez juger, s'il en eût demandé,
Que pour le secourir j'aurais tout accordé.

ARNOLPHE

Grâce aux bontés du Ciel, j'en suis quitte à bon compte :
Si j'y retombe plus, je veux bien qu'on m'affronte.
Chut. De votre innocence, Agnès, c'est un effet.
Je ne vous en dis mot : ce qui s'est fait est fait.
Je sais qu'en vous flattant le galant ne désire
Que de vous abuser, et puis après s'en rire.

AGNÈS

Oh ! point : il me l'a dit plus de vingt fois à moi.

ARNOLPHE

Ah ! vous ne savez pas ce que c'est que sa foi.
Mais enfin apprenez qu'accepter des cassettes,
Et de ces beaux blondins écouter les sornettes,
Que se laisser par eux, à force de langueur,
Baiser ainsi les mains et chatouiller le cœur,
Est un péché mortel des plus gros qu'il se fasse.

AGNÈS

Un péché, dites-vous ? Et la raison, de grâce ?

COLIN (*lui-même*)

La raison, c'est que je déteste cet Horace !

JEANNE (*mécontente*)

Mais qu'est-ce qui te prend ? À quoi joues-tu, pendard ?
Quel insecte a planté dans ton cerveau son dard ?

COLIN

Contrairement à toi, je ne suis pas espiègle
Et il arrive à l'homme, aussi, d'avoir ses règles !

JEANNE (*moqueuse tendre*)

Mais qu'est-ce qui te navre, mon bougon poussin ?

COLIN (*lucide*)

C'est moi qui suis Arnolphe et je suis un crétin.

JEANNE

Certes, mais est-ce là du chagrin l'origine ?

COLIN

Ça l'est davantage que tu ne l'imagines.

JEANNE

Que veut dire cela ?

COLIN (*soudain sincère*)

Qu'en moi je sens monter
Un vaste désespoir difficile à dompter.
J'ai soixante-cinq ans et j'ai mauvaise haleine
J'ai les muscles tout mous, la bite en quarantaine

Et j'incarne un vieillard qui, pour combler le temps
Séquestre une gamine qui n'a pas vingt ans.
Je ressemble un peu trop à mon vieux personnage
Et cela me rend fou, et m'ennuie et m'enrage
Et me convainc que je suis un incohérent
Qui théorise l'art de bien faire semblant
Alors qu'en vérité, car il est authentique,
En lui la théorie contredit la pratique !

JEANNE (*séduite*)

Voilà mon grand dadais qui commence à savoir
Qu'il faut tout éprouver pour ne pas décevoir !
Peut-être qu'un jour tu deviendras comédienne
Des vierges ingénues tu serais la doyenne !
Que ton amertume te serve de leçon…
Pour l'heure, repos ! Retire ton caleçon !

COLIN

Comment ?

JEANNE

Tu m'as entendue ! Montre-moi tam-tame !
Que je te fellationne de toute mon âme !

COLIN (*se débraguettant lentement*)

Enfant, quand apprendras-tu que fellationner
N'est pas plus en usage que solutionner ?
Que ce sont faux verbes, noms communs déguisés,
Substantifs insolemment vêtus d'un faux-nez ?

JEANNE (*riant*)

Et comment s'il te plaît faut-il donc que je dise ?
Dis-moi quels sont les mots qui ne te terrorisent !

COLIN (*bizarrement agressif*)

Dis « sucer », ça suffit. Sucer n'est pas tromper
Et c'est toujours mieux que dire « fellationner ».
C'est ma seule exigence et ma seule commande
Sous peine qu'à ce verbe atroce je débande !
Et qui t'apprend la langue ? Aya Nakamura ?

JEANNE (*qui ne rit plus du tout*)

C'est mieux que de gémir en citant Vaugelas !
Et faire de mon lexique une pauvre excuse !
Comment oses-tu me prendre pour une buse ?
Estimes-tu, Colin, t'en tirer comme ça ?
Crois-tu que je n'aie pas compris ton cinéma ?
Que tu ne bandes pas ? Vieux matou malhonnête,
Qui ose m'imputer le fruit de sa défaite !

COLIN (*au comble de la mauvaise foi*)

Cruelle femmelette ! Il est beaucoup trop tard
Pour te prouver que je ne suis pas un vantard.
Je te laisse parler et m'en vais d'une soupe
Apaiser mon dépit tout en levant ma coupe
À la santé des mots qui se font maltraiter
Par une gamine qui ne sait qu'insulter
Celui qui lui a fait don de toute son âme
Et reçoit pour salaire une série de drames,
À qui l'on offre, comme s'il s'y attendait,
Une fausse pipe avec du mauvais français !

Que tu me suces je n'en ai plus rien à faire
Tant que, de tes dents, tu écorches la grammaire !
(*entre Horace*)
À la bonne heure voici venir l'étalon !
Vas-tu lui demander d'ôter son pantalon ?
(*Colin sort, furieux*)

Acte II

Scène 2

JEANNE – NATHAN

JEANNE

Comme souvent, Nathan, vous êtes en avance.

NATHAN

À incarner Horace j'ai grande impatience,
Et de vous persuader que je suis votre amant,
De vous faire oublier qu'en le disant je mens
Je suis toujours pressé. Voulez-vous que je sorte ?

JEANNE

Non, même si j'avoue : je suis quasiment morte.

NATHAN

Quelle est donc la cause de ce presque-trépas ?
Puis-je en quelque façon remédier à cela ?
Comment vous y aider ? D'où vient tant de fatigue ?

JEANNE (*dans un soupir*)

Je suis parfois lassée de colmater des digues,
De calmer les tourments que je n'ai pas choisis,

D'apaiser un grand-père et son membre moisi,
De supporter longtemps, et d'une âme équanime,
Les méandres d'un cœur qui me prend pour sa prime...
Allons-y ! Nous en étions, si je m'en souviens,
À « *de vous raccrocher vous trouverez moyen* » (*en disant cette réplique, Jeanne se met sur la tête le chapeau d'Arnolphe et entreprend, l'air voûté, la voix grave et l'œil inquiet, d'incarner le barbon, tandis que Nathan prend un petit pot de rouge et s'en répand sur la tempe comme s'il venait d'être blessé par un caillou*)

NATHAN (*en Horace parfait*)

Il faut bien essayer, par quelque intelligence,
De vaincre du jaloux l'exacte vigilance.

JEANNE (*contrefaisant Arnolphe*)

Cela vous est facile. Et la fille, après tout,
Vous aime.

HORACE

Assurément.

JEANNE-ARNOLPHE

Vous en viendrez à bout.

HORACE

Je l'espère.

JEANNE-ARNOLPHE

Le grès vous a mis en déroute ;
Mais cela ne doit pas vous étonner.

HORACE

Sans doute,
Et j'ai compris d'abord que mon homme était là,
Qui, sans se faire voir, conduisait tout cela.
Mais ce qui m'a surpris, et qui va vous surprendre,
C'est un autre incident que vous allez entendre ;
Un trait hardi qu'a fait cette jeune beauté,
Et qu'on n'attendrait point de sa simplicité.
Il le faut avouer, l'amour est un grand maître :
Ce qu'on ne fut jamais il nous enseigne à l'être ;
Et souvent de nos mœurs l'absolu changement
Devient, par ses leçons, l'ouvrage d'un moment ;
De la nature, en nous, il force les obstacles,
Et ses effets soudains ont de l'air des miracles ;
D'un avare à l'instant il fait un libéral,
Un vaillant d'un poltron, un civil d'un brutal ;
Il rend agile à tout l'âme la plus pesante,
Et donne de l'esprit à la plus innocente.
Oui, ce dernier miracle éclate dans Agnès ;
Car, tranchant avec moi par ces termes exprès :
« Retirez-vous : mon âme aux visites renonce ;
Je sais tous vos discours, et voilà ma réponse, »
Cette pierre ou ce grès dont vous vous étonniez
Avec un mot de lettre est tombée à mes pieds ;
Et j'admire de voir cette lettre ajustée
Avec le sens des mots et la pierre jetée.
D'une telle action n'êtes-vous pas surpris ?
L'amour sait-il pas l'art d'aiguiser les esprits ?
Et peut-on me nier que ses flammes puissantes
Ne fassent dans un cœur des choses étonnantes ?
Que dites-vous du tour et de ce mot d'écrit ?

Euh ! n'admirez-vous point cette adresse d'esprit ?
Trouvez-vous pas plaisant de voir quel personnage
À joué mon jaloux dans tout ce badinage ?
Dites.
(*perdue dans ses pensées, Jeanne-Arnolphe ne répond pas*)
Dites ?

JEANNE (*elle-même*)

Hein ? Oui, c'est tout à fait très bien !

NATHAN

Vous n'étiez pas concentrée sur notre entretien.

JEANNE

Si fait !

NATHAN

Mais alors qu'est-ce qui vous rend songeuse ?

JEANNE

Une bagatelle. Juste une idée curieuse.

NATHAN (*décidément prévenant*)

Avez-vous des vapeurs ? Peut-être avez-vous faim ?
Voulez-vous que j'appelle SOS médecin ?

JEANNE (*pensive et lasse*)

Savez-vous que, déjà, en ma courte carrière
J'ai connu un Horace insensible aux prières ?

NATHAN

Bien sûr que je le sais. Colin me l'a appris
(qui se vante, d'ailleurs, de vous avoir conquis
Le rôle de Camille et son juste salaire
Après s'être fait passer pour votre vrai père).

JEANNE (*attendrie*)

Ah, le petit salaud ! Et pourtant, il est vrai
Qu'en vrai papa il était à peu près parfait.
Qu'importe le piston car j'étais excellente
Et son intercession (dont il fait une rente)
M'a seulement valu, ce qui n'est pas si mal
De donner à Camille un visage animal
Qui, quand il exprime ses pulsions fratricides
A des imprécations qui poussent au suicide,
Une rage sublime, un sommet de fureur,
Des hurlements qui enchantent le spectateur,
Un désespoir à rendre jalouse Hécube
Voulez-vous, veux-tu, voir la scène sur YouTube ?

NATHAN

Non merci, ça ira. Le courroux d'une sœur
Pour le frère à qui elle doit tout son malheur
N'est pas, pour un amant, de bonne compagnie,
Je vous préfère en ingénue qu'en Érinye.
J'en reviens à l'idée qui vous chagrine tant
Puis-je en toute innocence un peu vous en distraire ?
S'il ne suffit pas que j'incarne votre amant
De quelle manière puis-je vous satisfaire ?

JEANNE (*maline*)

Non, je redoute que vous vous moquiez de moi.

NATHAN (*fayot*)

Ce serait un suicide autant qu'un mauvais choix.

JEANNE

Avez-vous remarqué qu'en cette comédie
Qui célèbre l'amour et ses palinodies,
On voit les quiproquos, les basses intentions,
Et tout le comique de cette situation.
Mais les comédiens ne jouent pas le face-à-face.
Où Agnès s'incline devant le bel Horace ?
(*minaudant*)
On sait qu'elle est charmée par les mots de l'amant,
Que lui-même est vaincu par son minois charmant,
Mais hormis l'acte ultime où Horace confie
Imprudemment Agnès, au péril de sa vie,
À Arnolphe en personne et sans s'apercevoir
Qu'il remet à l'instant au mari tout pouvoir,
Portés par un amour tel que, face à l'obstacle,
Sa victoire revêt une valeur d'oracle,
Les jeunes tourtereaux n'ont jamais le moment
Où ils s'abandonnent aux délicieux serments !
Les soupirs d'Agnès, il faut qu'on les imagine
Et les mots d'Horace, ses paroles divines,
Ses promesses qui lui font chavirer le cœur…
Pourquoi priver le public d'un si grand bonheur ?
Pourquoi priver les gens du spectacle des âmes
Qui d'être séparées se feraient tout un drame ?
Agnès et Horace font à tour le récit
Du désir que combat le cocu de mari,
Mais par une pudeur aux tragédiens pareille
On ne les entend pas se dire des merveilles
Et jamais on ne voit, par-devant le rideau

Les amants céder leur juste libido.
Mais toujours après coup, par un effet comique
Où le hasard se joue du mari pathétique !
Bref : pourquoi ce coquin de Molière cocu
S'est-il concentré sur le patriarche obtus
Au lieu de sublimer l'histoire aventureuse
Et les emportements de la passion furieuse ?

NATHAN

En somme il manque presque un acte à ce récit !

JEANNE (*brûlante*)

Une scène suffit. Qu'on l'improvise ici !
Une scène de grâce, un moment mémorable,
Où deux cœurs enchantés, comédiens admirables
Émus de s'aimer, confient à leur corps vibrant,
Le soin de dire, sans mots, les grands sentiments…
Les péripéties que narrent, l'un après l'autre,
Horace et Arnolphe, ne sont pas vraiment nôtres !
Et c'est, à dire vrai, mentir par omission
Que de livrer l'amour au soin des narrations.
La scène dont l'un rit et qui l'autre chagrine
A d'un conte les tours qu'il faut qu'on imagine.
(*jouant soudain résolument de sa grâce pelvienne*)
Incarnons ce récit et donne-moi les mots
Qui feront qu'à jamais, Agnès t'ait dans la peau !
Qu'elle offrirait son cœur, qu'elle vendrait son âme
À l'amoureux transi dont elle est l'oriflamme !

NATHAN (*méfiant*)

Est-ce Agnès qui parle ou bien Jeanne le Titan ?
Et suis-je encore Horace ou bien juste Nathan ?

JEANNE (*soudain raide comme la Justice*)

C'est ta metteuse en scène ! Exigeant de ta pomme
Un peu du génie qu'une femme attend d'un homme.
Or, pour être génial, acteur inconsistant,
Tu dois puiser comme en un éternel printemps
Dans TA vie ton chagrin et tous tes tremblements !
À lui faire la cour, je te voudrais de taille
Et que les mots d'amour te viennent en bataille ;
Or, tu sauras quoi dire et si ça vient du cœur
Les mots te trouveront pour faire son bonheur !

NATHAN (*pas convaincu*)

Le bonheur de qui ? d'Agnès ?

JEANNE

Non ! De ma grand-mère !
Née en l'année 1956,
Ma grand-mère a vécu du côté de Cassis…
Évidemment, d'Agnès ! Écoute la prière !
D'une femme innocente, délicate et pure,
Qui n'ose pas vouloir qu'on tente l'aventure !

NATHAN (*con*)

À vous comprendre encore, je n'arrive pas,
Voulez-vous que j'emmène Agnès à Koh-Lanta ?

JEANNE (*dont le calme est celui d'une tempête en attente*)

Je dis qu'un comédien, s'il veut être éloquent,
Doit interpréter les émotions qu'il ressent,
(Mais qui m'a donc fichu un pareil imbécile ?

Est-ce qu'un dessin te paraîtrait plus facile ?)
Et qu'un personnage ne peut être conquis
Que si sa comédienne est conquise elle aussi !

NATHAN

Mais comment pourrais-je accomplir un tel miracle ?
Et quel fond de tiroir faudrait-il que je racle
Pour trouver en moi-même un désir inconnu
Envers le corps d'une femme et son contenu ?

JEANNE

Mon désir n'est pas que tu sois un thaumaturge
Mais que tu la courtises, nom de Dieu, ça urge !

NATHAN (*Eureka*)

En un mot, vous ordonnez que contre mes goûts,
Je parfasse mon rôle en couchant avec vous !

JEANNE (*outrée, arsinoesque*)

Mais qu'en termes galants, ces choses-là sont dites
On met à parler cru une ardeur inédite !

NATHAN (*railleur et reprenant pied*)

Que vous voilà soudain prude à faire pâlir,
Comme un cœur se replie quand on le voit venir !
Je vous dis non, Madame, et c'est irrévocable
En mon refus je ne peux me sentir coupable
Et si ma disgrâce est le prix de mon aveu,
Ainsi soit-il, je reste fidèle à mes vœux.

JEANNE (*mielleuse, hypocrite et déterminée*)

Mais ce n'est pas un choix ! Nul n'en est responsable !
Et vos penchants ne vous rendent pas moins aimable !
Je ne vous faisais pas reproche de vos vœux !
Ni de cette impuissance à détourner vos yeux
De l'être masculin au profit de mon sexe,
Et vous avez tort de penser que je me vexe.
J'essaie juste, pour vous rendre plus éloquent,
De prendre à la lettre chacun des compliments
D'Horace pour Agnès, sans que Nathan pour Jeanne
Étouffe l'incendie dont il est pyromane
En faisant seulement l'offrande d'un baiser…

NATHAN (*peu rassuré*)

Vraiment ? Ce n'est que cela que vous demandez ?

JEANNE (*menteuse comme un âne qui recule*)

Je promets de ne pas demander davantage
Qu'un baiser de tes lèvres à mon personnage.

NATHAN (*jetant ses dernières forces dans la lutte*)

Et qui dois-je embrasser ? Car ce n'est pas pareil !
Est-ce Agnès dont les sens implorent un éveil ?
Ou Jeanne qui, ne doutant pas de son empire,
Dans le cas d'un refus, vous menace du pire ?

JEANNE

Tu parles trop ! Donne-moi ta bouche et tais-toi !
Et embrasse qui tu veux mais embrasse-moi !

(*ils s'embrassent longuement*)

Acte II

Scène 3
Le wagon d'un train

COLIN – FARID – CONTRÔLEUR – NATHAN

CONTRÔLEUR

Contrôle des titres de transport, s'il vous plaît !

COLIN

Tiens ! Vous êtes contrôleur maintenant ? Parfait.

CONTRÔLEUR (*tout en regardant les billets*)

Ce n'est pourtant pas moi, Monsieur, qui en décide
Mais la puissance dont, selon l'inspiration,
Je suis la marionnette et la fabrication
Tantôt serveur, spectateur ou bien régicide,
J'accepte tout rôle et je me tiens dans la main
De l'auteur qui tisse les fils de mon destin !
(*soudain lyrique, en avant-scène*)
Je suis le moins que rien, le larbin de la Reine,
L'interchangeable dont on ignore la peine !
Et je ne connais rien de plus grand, de plus doux,
Que de prêter mon corps aux délires d'un fou.
Je suis un personnage, un fantôme et un masque

Un troisième couteau, apparition fantasque,
Et le seul à crier, en ce monde si bas :
« Je pense, je joue, et pourtant je ne suis pas. »

COLIN

Mais de quoi parles-tu ? Quel est ce cinéma ?
D'où te vient ce melon ? Comment vont tes chevilles ?
De quel papillon te prends-tu pour la chenille ?
Ne fais pas si grand cas de ton anonymat !
On peut être glorieux sans être un inconnu !
De ta plasticité tu fais toute une histoire,
Mais il y a plus sûr, pour atteindre la gloire,
Que d'être le pantin d'écrivains parvenus !

CONTRÔLEUR (*glacial, rendant les billets*)

Tout en règle, messieurs ! Un voyage excellent !
C'est ce que je souhaite en ce jour de printemps.

COLIN (*pour lui-même*)

Après l'hiver de merde un printemps de déprime
Où d'un troisième rôle il faut subir les rimes…

FARID

(*dont toutes les entreprises de son vieil ami suscitent immanquablement, depuis toujours, une curiosité désapprobatrice*)

Alors, comment se passent les répétitions ?

COLIN

Très bien !

FARID

Horace donne-t-il satisfaction ?

COLIN

Mieux que cela ! À toute espérance conforme,
Élégant, bien rasé, d'une beauté hors normes,
Avec moi très poli, avec Jeanne ponctuel,
Devançant de lui-même un reproche éventuel,
Se corrige tout seul, sans trop d'initiative,
Et tel un faux raisin que picore une grive,
Éveille en ma Jeannette un désir indécent
Dicté par un orgueil dont elle se défend.
Pas mal, non ?

FARID (*accablé*)

Mais Colin, tu es un grand malade,
Pourquoi t'infliger ça ? La vie te paraît fade ?
Ami ! Entrevois-tu le danger que tu cours
À vouloir que Jeanne soit sensible à sa cour ?
Incendiaire insensé ! Pourquoi te jouer des flammes
Et aviver ainsi le désir d'une femme ?
Comptes-tu pour un rien le dépit qui t'attend ?
Prévois-tu d'avance d'être cocu content ?
Et consentiras-tu, dindon de cette farce,
À exhiber les plaies de ta fierté éparse ?

COLIN

Grand merci mon ami, de cette prédiction !
Où je reconnais ton penchant pour la fiction !
Comme je me sens mieux à t'entendre prédire

Une disgrâce où tu veux croire que j'aspire !
Farid, détends-toi, je contrôle, tout va bien
Ta sollicitude ne repose sur rien.
De ces péripéties, je suis tête pensante,
Quand ils se font la cour, c'est moi que ça contente !

FARID

Écervelé vieillard, pauvre organisateur,
Du malheur qui t'attend, tu te prétends l'auteur !
Je suis curieux de savoir ce qui te contente
Dans le fait d'attiser toi-même des passions
De t'y prendre les pieds, de dévaler la pente
Que tu as dessinée par tes calculations !

COLIN (*énigmatique*)

De mes calculations tu ignores l'issue
Je suis bien plus malin que tu ne l'insinues.
Ce n'est pas d'Horace que je serai cocu.

FARID

Mais qui te rend si sûr de n'être pas vaincu ?

COLIN

C'est que de leur histoire JE suis le calife !

FARID (*aux spectateurs*)

Il est plus compliqué qu'un texte hiéroglyphe.

VOIX DU CONTRÔLEUR

Nous arrivons bientôt en gare de Blewynck
Voyageurs concernés, descendez de voiture !

Ceux qui prennent la correspondance vers Bure
Veuillez vous rendre sur le quai numéro 5,
Et ceux dont le trajet va jusqu'à Charleboie
Vous avez liberté, sans que l'on vous y voie,
D'allumer discrètement un cigarillo
Ce qui sera, c'est sûr, impossible bientôt...
(*Farid et Colin se lèvent*)

COLIN (*allumant son cigarillo*)

Crois-tu que j'ai confié (*une taffe*) à la bonne fortune
Le soin des décisions qui me sont opportunes ?
Crois-tu que le hasard en sa perversité
Me condamne à vivre une telle indignité ?
Et qu'à mon âge encor, je me fasse surprendre
Et déborder par les manœuvres d'un pied-tendre ?
Réfléchis donc un peu ! Crois-tu que le Nathan
Soit apparu tout seul, comme un tour de Satan ?
Crois-tu qu'il ait surgi, tel un ange de conte
Uniquement bâti pour répandre ma honte ?
Et qu'il ait suffi d'une annonce en un journal
Pour qu'on mette la main sur l'acteur idéal ?
C'est moi qui l'ai embauché !

FARID (*surpris et scandalisé*)

Mais tu n'as pas honte !
En cette opération trouveras-tu ton compte ?
Es-tu satisfait, dis-moi, d'avoir salarié
L'adolescent qui s'apprête à te cocufier ?

COLIN

Non mais je trouverai dans le dépit de Jeanne

À être éconduite quand son orgueil pavane
Un plaisir plus que doux, un délice savant…
En un mot, je l'avoue, un bonheur insolent.

FARID

Tu es si sûr de toi qu'en ta belle assurance
Je n'ose imaginer ce que tu manigances.
Mais il n'est pas douteux, insupportable fou
Que tu viens de donner ton nid à un coucou !

COLIN

Au lieu de brandir des périls métaphoriques,
Prête attention à mon idée machiavélique
Et gardant le silence, écoute mon récit
Tu verras ce qu'il en est de ta *prophecy.*

VOIX DU CONTRÔLEUR

Fumeurs invétérés, l'heure est déjà venue
De vous asseoir malgré votre haleine qui pue !
Jetez rapidement vos mégots sur les quais
Et remontez avant le coup de mon sifflet !
(*ils remontent en continuant la conversation qui a été couverte par le haut-parleur*)

FARID

Explique-toi.

COLIN

Je ne savais quel parti prendre
À quel saint me soumettre, à quel détour me rendre,
Après ma suggestion qu'elle incarnât Agnès

Après avoir consenti qu'elle profitât
De l'idée dont j'étais *deus ex machina*,
J'étais comme encombré par l'idée de la pièce.
J'étais empli d'une affreuse mélancolie
« Le calice serait bu jusques à la lie »
Me disais-je marchant dans la rue Vaugirard…
Quand je tombai à l'angle d'un grand boulevard
Sur mon Nathan qui, déguisé en Picrochole,
Invitait les passants au spectacle d'école
Où pour incarner le tyran de Rabelais
Il portait dans la rue un costume assez laid,
Une sorte de pagne, une affreuse casquette,
Un tee-shirt abîmé, maculé d'une chouette.
Et surtout, à côté se trouvait un garçon
Qui semblait de Nathan imiter les façons.
On eût dit un Don Juan flanqué de son Elvire
Qui eût donné son corps pour un demi-sourire.
Une minute après, Nathan, d'un long baiser,
Apaisait les tourments du petit fiancé
Avant de reprendre le fil de sa campagne,
Et de héler les gens en ajustant son pagne.
Salut ! lui dis-je, veux-tu gagner de l'argent ?

NATHAN

(*apparaissant soudain,*
habillé d'une sorte de pagne
avec une affreuse casquette etc.)

S'il ne faut pour cela coucher avec des gens !
Donnez-moi du travail, dites-moi le programme.
Mais ne me demandez pas de vendre mon âme !

COLIN (*à Nathan*)

Oh qu'il est arrogant, comme il est rigolo !
M'as-tu donc pris, jeune homme, pour un gigolo ?
Je ne te propose que des choses décentes
Un petit artifice, une fraude innocente !
Avant de te confier toutes mes intentions,
Permets, s'il te plait, une vérification :
Es-tu homosexuel ?

NATHAN (*stupéfait*)

Hein ? en quoi votre affaire…

COLIN

Mais quitte-moi cette mine de monastère !
Il est très important que des hommes tu sois
Amoureux exclusif pour ce que je prévois.

NATHAN

Si, pour avoir le fin mot il faut que j'avoue,
Alors effectivement, aux hommes je me voue
Et rien qu'aux hommes tant ils sont tous différents…
De tous les beaux garçons je voudrais être amant !

COLIN
(*Nathan disparaît – de nouveau à Farid*)

Il était si charmant, il avait tant d'audace
En un éclair je vis que je tenais Horace.
Et lui dis que mon plan dont il tomba d'accord
Etait qu'il plût à Jeanne au tout premier abord,
Qu'elle fût étonnée et puis par lui conquise,

Et eût en le voyant la paupière qui frise…
Puis qu'elle eût aussitôt l'intense déception
De faire le diagnostic de son inversion !
Qu'elle versât des larmes de discrète rage
Sur le corps de celui qui n'était qu'un mirage…
Et ne sût quoi répondre à ce bel inconnu
À l'instant où lui-même, enfin, se met à nu.

FARID

Mon vieux frère, vraiment, de quoi es-tu capable ?
Où trouves-tu le temps de forger cette fable ?
Comme tu es pervers ! Corrupteur des enfants !
Tu mérites mille fois le sort qui t'attend.

COLIN

Mais qu'à me juger votre grâce est bien hâtive !
Attends d'avoir le fin mot de l'initiative.
Apprends de mes manœuvres le génial secret
Au lieu de me poursuivre de furieux décrets.
Si j'ai fait tout cela, c'est au nom du théâtre !
Et car Jeannette croit, en actrice idolâtre
À la nécessité d'éprouver les passions
Pour susciter l'enthousiasme et l'approbation,
Alors que le théâtre est un jeu d'artifices
Où la haine et l'amour sont seulement malices.
Ils sont si mauvais, les acteurs de bonne foi
Qui n'acceptent un rôle que s'ils l'ont « en soi » !
Rien n'est plus ennuyeux qu'un comédien sincère,
À l'émotion conforme aux traits du caractère.
Si l'on peut à l'envi changer d'identité
C'est parce qu'aucun rôle n'est réalité !
Si l'on peut être successivement sur scène

Mariane ou Desdémone, Armande ou Célimène,
Ou incarner Alceste, Arnolphe ou bien Ubu,
C'est qu'un rôle n'est rien de ce qu'on a vécu !
Le comédien est un caméléon sublime
À condition qu'il ne confonde pas ses rimes
Avec ce qu'il éprouve, en secret, dans son cœur,
Ce n'est pas lui-même qu'admire un spectateur,
Mais les états d'âme d'un être imaginaire
Dont des émotions il est le thuriféraire.
Or, avec mon Nathan, mon céleste inverti
Jeanne va découvrir, sous mes yeux divertis,
Qu'on peut inlassablement lui dire « je t'aime »
Lui faire les yeux doux, réciter des poèmes,
Et qu'on peut à merveille incarner son amant
Tout en rêvant de jour à Francis ou Fernand !
Alors ? Hein ? Qu'en dis-tu ?

FARID (*accablé mais indulgent*)

Machiavel fantaisiste !
À quoi bon lui montrer le péché qui résiste ?
Tes calculations sont celles d'un impuissant
Qui, s'il en avait le droit, serait un tyran.
Un jeune comédien sensible aux récompenses
Est-il aussi constant que ton cerveau le pense ?
Et s'il est des hommes l'amoureux sans apprêt
Qui te dit qu'avec Jeanne il ne voie l'intérêt
Du désir qu'inspire une forme féminine ?
À leur premier baiser, tu auras bonne mine !

COLIN (*sûr de son fait*)

Il n'arrivera pas ! Crois-en mon procédé,
L'homme est, je te le jure, absolument pédé !

FARID

Puisque tu es certain d'avoir trouvé la voie
Je ne veux plus du rôle de ton rabat-joie.
Qui serais-je pour en cette résolution
Te faire uniquement quantité d'objections ?
Tu livres en aveugle au destin qui t'entraîne
Les circonstances dont tu crois tenir les rênes…
Il faudrait que je sois de ces vilains amis
Qui tombant amoureux de leur propre franchise
Ont fâcheuse tendance à tenir pour admis
Qu'en la sincérité qui les caractérise
Ils sont vigilants, adorables et précieux
Alors que ce ne sont que de méchants envieux.
Donc, je ne dis plus rien et je te laisse faire
Identique aux dieux indifférents dans leur sphère
Je veux voir ce qu'il adviendra de ce projet,
Je ne priverai pas l'enfant de son hochet !

VOIX DU CONTRÔLEUR

Voyageur impatient, encore quelques hectares
Et de Charleboie vous verrez la jolie gare
Et quant à moi j'abandonne le contrôleur
Pour me fondre dans la masse des spectateurs.

Acte III

Scène 1

NATHAN et COLIN
(répètent la scène 6 de l'acte IV
de L'École des femmes*)*

NATHAN-HORACE

La place m'est heureuse à vous y rencontrer.
Je viens de l'échapper bien belle, je vous jure.
Au sortir d'avec vous, sans prévoir l'aventure,
Seule dans ce balcon j'ai vu paraître Agnès,
Qui des arbres prochains prenait un peu le frais.
Après m'avoir fait signe, elle a su faire en sorte,
Descendant au jardin, de m'en ouvrir la porte :
Mais à peine tous deux dans sa chambre étions-nous,
Qu'elle a sur les degrés entendu son jaloux ;
Et tout ce qu'elle a pu dans un tel accessoire,
C'est de me renfermer dans une grande armoire.
Il est entré d'abord : je ne le voyais pas,
Mais je l'oyais marcher, sans rien dire, à grands pas ;
Poussant de temps en temps des soupirs pitoyables,
Et donnant quelquefois de grands coups sur les tables,
Frappant un petit chien qui pour lui s'émouvait,
Et jetant brusquement les hardes qu'il trouvait.

Il a même cassé, d'une main mutinée,
Des vases dont la belle ornait sa cheminée ;
Et sans doute il faut bien qu'à ce becque cornu
Du trait qu'elle a joué quelque jour soit venu.
Enfin, après vingt tours, ayant de la manière
Sur ce qui n'en peut mais déchargé sa colère,
Mon jaloux inquiet, sans dire son ennui,
Est sorti de la chambre, et moi de mon étui.
Nous n'avons point voulu, de peur du personnage,
Risquer à nous tenir ensemble davantage ;
C'était trop hasarder : mais.je dois cette nuit
Dans sa chambre un peu tard m'introduire sans bruit.
En toussant par trois fois je me ferai connaître ;
Et je dois au signal voir ouvrir la fenêtre,
Dont, avec une échelle, et secondé d'Agnès,
Mon amour tâchera de me gagner l'accès.
Comme à mon seul ami, je veux bien vous l'apprendre ;
L'allégresse du cœur s'augmente à la répandre ;
Et, goûtât-on cent fois un bonheur tout parfait,
On n'en est pas content si quelqu'un ne le sait.
Vous prendrez part, je pense, à l'heur de mes affaires.
Adieu. Je vais songer aux choses nécessaires.

(Nathan feint de sortir, laissant Colin en Arnolphe, apparemment seul sur scène)

COLIN-ARNOLPHE

Quoi ! l'astre qui s'obstine à me désespérer
Ne me donnera pas le temps de respirer !
Coup sur coup je verrai, par leur intelligence,
De mes soins vigilants confondre la prudence !
Et je serai la dupe, en ma maturité,

D'une jeune innocente et d'un jeune éventé !
(*redevenant Colin*)
Mais toi, mon vieux Colin, tu n'as plus rien à craindre
Et tout à espérer de l'amour qu'on peut feindre !
Comme je suis heureux !

NATHAN
(*que Colin n'a pas vu revenir en scène*)

D'où vient tant de bonheur ?

COLIN

Quand le bonheur est là, faut-il en avoir peur ?
Peux-tu me dire un peu, avant que l'on reprenne,
Où en sont mes calculs, où en est sa migraine ?

NATHAN

La migraine de qui ?

COLIN

De qui ? De qui ? Comment ?
Es-tu si peu rapide ou bien fais-tu semblant ?
Je demande des *news* de la petite tête
Et du cœur qui vient de subir une défaite !
A-t-elle admis son sort ? Et connu la douleur
De constater que tu n'es qu'un parfait acteur ?
Qu'en Horace tu es absolument crédible
Et qu'en amant tu restes une vaine cible ?

NATHAN

Croyez-en ma parole, elle a bien entendu
Que mon goût des garçons n'était pas ambigu.

Sous vos instructions j'étais à la bonne école,
L'aveu de mes penchants l'a presque rendue folle !

COLIN (*buvant du petit lait*)

Ah, que je m'en réjouis ! Peux-tu me raconter
Le moment où enfin elle a tout accepté
D'un partenaire qui, malgré les apparences
En voulait à Agnès en toute transparence
Et pour Jeanne en revanche, épousant mon dessein
Il réservait une tête de mocassin ?

NATHAN (*embarrassé*)

À vous dire le vrai, sans nulle tromperie…

COLIN

Quoi ? (*Nathan se tait*) Quoi ? (*pour lui-même*) Ce préambule sent la fourberie.
Qu'a-t-elle répondu ? Que t'est-il arrivé ?
Ces tentatives t'auraient-elles ébranlé ?

NATHAN (*dilatoire*)

Je n'en dirais pas tant. Mais si par un silence
Auquel vous ne semblez pas vraiment habitué
Vous me donnez le temps de cette confidence
Alors je ne vais rien vous en dissimuler.

COLIN
(*à qui la moutarde monte au nez*)

Mais vas-tu raconter, espèce de limace !

NATHAN

Il me faut le silence afin que je le fasse !

COLIN

OK, je me tais.

NATHAN

En le disant, vous parlez !

COLIN

Comment me taire si je ne peux l'annoncer !
Raconte-moi l'histoire, à genoux, je supplie. (*Colin s'agenouille*)

NATHAN

Vous y mettez, ma foi, trop de cérémonie.
D'autant que je redoute de mécontenter
L'homme qui voudrait tant avoir tout devancé.

COLIN

(*devenant Arnolphe en sa réplique
et comme malgré lui – acte II, scène 5*)

Ne vous a-t-elle pris, Agnès, quelque autre chose ?
(*alors que Nathan, devenant Agnès, se transforme aussitôt en ingénue*)
Ouf !

NATHAN-AGNÈS

Hé, Elle a…

COLIN-ARNOLPHE

Quoi ?

NATHAN-AGNÈS

Pris…

COLIN-ARNOLPHE

Euh !

NATHAN-AGNÈS

Le…

COLIN-ARNOLPHE

Plaît-il ?

NATHAN-AGNÈS

Je n'ose
Et vous vous fâcherez peut-être contre moi.

COLIN

Non.

NATHAN-AGNÈS

Si fait.

COLIN-ARNOLPHE

Bon Dieu ! non.

NATHAN-AGNÈS

Jurez donc votre foi

COLIN-ARNOLPHE

Ma foi, soit.

NATHAN-AGNÈS

Elle a pris… Vous serez en colère.

COLIN-ARNOLPHE

Non.

NATHAN-AGNÈS

Si.

COLIN-ARNOLPHE

Non, non, non, non. Diantre ! que de mystère !
Qu'est-ce qu'elle a pris ?

NATHAN-AGNÈS

Elle…

COLIN-ARNOLPHE (*à part*)

À quel sort de damné…

NATHAN (*passant aux aveux*)

Elle a, dans un accès d'invraisemblable fièvre
Arraché, pour finir, un baiser de mes lèvres !

COLIN

Horreur ! ce baiser fatal, l'as-tu accordé ?

NATHAN

Ne vous en faites pas ! J'ai longtemps refusé !
Mais comme elle insistait, comme elle était pressante,
À trop attiser les déceptions qui la hantent,
À la décourager de me prendre les mains,
Il sembla que j'avais plus de perte que gain,
Et qu'il finirait par lui sembler un peu louche
De ne pas parvenir à embrasser ma bouche.
Il faut comprendre qu'il est dans mon intérêt
De me soumettre à ses décisions sans délai.
C'est que Jeanne n'aime guère être contredite
Et les contrariétés sont chez elle interdites.
Alors il a fallu pour retrouver la paix
Que je consente au présent qu'elle me donnait.

COLIN (*torquemadesque*)

Ô l'âme prostituée, sale infâme vermine !
Que des harpies voraces t'arrachent la pine !

NATHAN

(*à qui la virulence de son interlocuteur a rendu la confiance qui, admettons-le, lui manquait un peu quand il a reconnu le baiser*)

Gardez-vous, s'il vous plaît, de vos malédictions !
Ma « pine » n'a que faire de vos intentions !
Et puis comprenez-moi : elle était si gracieuse
Malgré son air furieux, on eût dit une pieuse,
Il eût fallu manquer de cœur et de vertu
Pour ne lui pas donner ce baiser éperdu !
(*et soudain, amant émerveillé*)
Elle disait : « Un baiser ? À tout prendre, qu'est-ce ?
Un serment fait d'un peu plus près, une promesse

Plus précise, un aveu qui veut se confirmer,
Un point rose qu'on met sur l'i du verbe aimer ;
C'est un secret qui prend la bouche pour oreille,
Un instant d'infini qui fait un bruit d'abeille,
Une communion ayant un goût de fleur,
Une façon d'un peu se respirer le cœur,
Et d'un peu se goûter, au bord des lèvres, l'âme ! »
Et j'avais, j'avoue, à ces mots la bouche en flammes !

COLIN (*accablé*)

Mais ce n'est pas possible d'être à ce point con !
Tu t'es fait avoir par le vieux truc du balcon !
Elle t'a récité *Cyrano* sans vergogne !
Ils sont d'Edmond Rostand, les vers dont tu te pognes !

NATHAN

Je me disais aussi les avoir entendus…
Qu'importe la manœuvre ! Au baiser éperdu,
Aux promesses de son corps et sa chair ouverte,
À tout ce qu'elle offrait sous peine de ma perte,
J'ai aimé consentir et pour tout vous avouer
Rien ne me plairait plus que de recommencer !
Et de lui…

COLIN

Vil camus, sot camard, tête creuse
As-tu tant d'innocence qu'une aventureuse
Ait accès à ta bouche avec si peu d'efforts ?
À quel prix as-tu mis le reste de ton corps ?
Les vers d'Edmond Rostand ont-ils donc tant de charme

Qu'ils font, en un instant, qu'on abaisse les armes ?
L'idée n'était pas que tu donnes un baiser
Mais que tu le refuses ! Sans jamais céder !

NATHAN

Je connais ma mission. Je l'avais acceptée !
Mais il arrive, sans l'avoir envisagée,
Qu'une exigence pure envahisse le cœur…

COLIN

Eh bien, connais Colin et toute sa fureur !…

Acte III

Scène 2

JEANNE – COLIN – NATHAN
Entre Jeanne

JEANNE

Ah oui ? Laisse-la donc éclater ! Je t'écoute.

COLIN (*flagrant dépit*)

Jeanne, mon Dieu, tu as tout entendu, sans doute ?

JEANNE (*plus froide qu'une porte de prison*)

Tout. Hormis la fureur que tu nous as promis
Et dont j'attends aussi le scandale et les cris.
Donc, vas-y.

COLIN

Je ne veux plus me mettre en colère.

JEANNE

Mais que c'est étrange ! Serais-tu bipolaire ?
D'où vient ce silence tellement à propos ?
Est-ce mon arrivée qui te prive de mots ?

Ou te sentirais-tu vaguement misérable
À l'idée de m'avoir infligé cette fable ?
As-tu des remords ? Te sentirais-tu honteux
D'avoir voulu écrire les règles du jeu,
Que j'aie le cœur brisé pour être plus touchante,
Et d'un homosexuel je veuille être l'amante ?

NATHAN (*levant le doigt, pointilleux à mauvais escient*)

Je ne me définis pas comme « homosexuel »
Et mon rôle est ici tout à fait contractuel,
Si vous me permettez de préciser ma place…

COLIN (*sec*)

Il ne t'est rien permis. Ferme-la donc ! De grâce.

JEANNE (*impérieuse*)

Nathan, va-t'en ! Les parents doivent discuter.
Et ne reviens pas avant qu'on t'ait fait mander.
Va travailler ton rôle et compter tes centimes
Le temps que je lui mette le nez dans son crime.
(*Nathan s'en va et Jeanne, soudain, devenant Agnès – scène 3, acte V*)

AGNÈS

Pourquoi me quittez-vous ?
(*Nathan, surpris, comprend dans l'instant et joue le jeu*)

HORACE

Chère Agnès, il le faut.

AGNÈS

Songez donc, je vous prie, à revenir bientôt.

HORACE

J'en suis assez pressé par ma flamme amoureuse.

AGNÈS

Quand je ne vous vois point, je ne suis point joyeuse.

HORACE

Hors de votre présence, on me voit triste aussi.

AGNÈS

Hélas ! s'il était vrai, vous resteriez ici.

HORACE

Quoi ? vous pourriez douter de mon amour extrême !

AGNÈS

Non, vous ne m'aimez pas autant que je vous aime.
(*Colin-Arnolphe, jouant le jeu, la tire par la manche*)
Ah ! l'on me tire trop.

HORACE

C'est qu'il est dangereux,
Chère Agnès, qu'en ce lieu nous soyons vus tous deux ;
Et le parfait ami de qui la main vous presse
Suit le zèle prudent qui pour nous l'intéresse.

AGNÈS

Mais suivre un inconnu que...

HORACE

N'appréhendez rien :
Entre de telles mains vous ne serez que bien.

AGNÈS

Je me trouverais mieux entre celles d'Horace.

HORACE

Et j'aurais...

AGNÈS (*à celui qui la tient*)

Attendez.

HORACE

Adieu : le jour me chasse.

AGNÈS

Quand vous verrai-je donc ?

HORACE

Bientôt, assurément.

AGNÈS

Que je vais m'ennuyer jusques à ce moment !

HORACE

Grâce au Ciel, mon bonheur n'est plus en concurrence,
Et je puis maintenant dormir en assurance.

(*Nathan s'en va*)

JEANNE
(*redevenue elle-même
et se dégageant vigoureusement de l'emprise
de Colin-Arnolphe*)

À combien de chichis s'obligent les amants !
Bon, Nathan est parti. À nous deux, maintenant !

COLIN

Avant de me gronder, il faut bien que tu saches
Ô ma Jeannette, que si jamais tu te fâches… (*Jeanne le regarde en silence. La voix de Colin s'éteint à mesure qu'il parle et finit en murmure.*)

JEANNE

Est-ce mon oreille ? Je n'ai pas entendu.
Et pourquoi prends-tu la mine d'un chien battu ?
Oses-tu croire, avec ta tête de caniche,
Que tu vas réussir à te sauver les miches ?

COLIN (*que les questions de Jeanne,
lui donnant l'illusion qu'elle veut discuter,
ont vaguement ragaillardi*)

Mais non tu n'y es pas ! Je voulais seulement (*soudain, il la regarde, toujours glaciale, et de nouveau, la voix s'éteint jusqu'à devenir inaudible*)
Te montrer qu'on pouvait devenir ton amant…

JEANNE

Vraiment, je n'entends rien ! Qu'est-ce que tu racontes ?

De quelle fourberie me feras-tu le conte ?
(*soudain, perfide*)
À avaler tes mots, à te taire en parlant,
Tu me rappelles un peu l'ancien Président
Qui toujours gêné, discourant comme on s'écrase
Avalait sans vergogne la fin de ses phrases
Dans l'espoir qu'ainsi on ne l'entende pas trop
Et qu'on passe à côté de ses tout derniers mots.

COLIN (*glacial et digne, comme il convient aux offenses majeures*)

Viens-tu de me comparer à François Hollande ?

JEANNE

Ce serait te flatter, car Hollande, lui, bande !
(*rêveuse*)
Je ne parle pas de Nicolas Sarkozy
Dont on sait la vigueur et l'étonnant zizi,
Je ne reviens pas sur le Benjamin Griveaux
Dont le sort est si triste et le membre si beau…
(*retrouvant sa colère*)
De tous ces étalons, tu es la Messaline !
Colin n'est pas ton nom, ton vrai nom c'est Colline !

COLIN (*qui commence à entrevoir dans le statut de victime la possibilité d'une échappatoire*)

Dois-je déduire de ces considérations
Que tu veux m'infliger la sodomisation ?

JEANNE

Certes, tu mérites qu'on t'inflige à la louche
Les caresses que toi, tu réserves aux mouches,
Mais je ne souhaite rien. Tout m'est indifférent.
Ce qui compte, Colin, c'est qu'inopinément
Tu puisses, céans, te souvenir de ta place
Au moment où je dis « *Et la raison, de grâce ?* »

COLIN (*retrouvant immédiatement son rôle d'Arnolphe, et vigoureux d'abord, dans la réplique qu'il donne à Jeanne avant qu'au fil des vers, de nouveau écrasé par sa partenaire, il donne le sentiment de ne plus rien comprendre à ce qu'il raconte*)

COLIN-ARNOLPHE

La raison ? La raison est l'arrêt prononcé
Que par ces actions le Ciel est courroucé.

JEANNE-AGNÈS (*surjouant l'ingénuité*)

Courroucé ! Mais pourquoi faut-il qu'il s'en courrouce ?
C'est une chose, hélas ! si plaisante et si douce !
J'admire quelle joie on goûte à tout cela,
Et je ne savais point encore ces choses-là.

COLIN-ARNOLPHE

Oui, c'est un grand plaisir que toutes ces tendresses,
Ces propos si gentils et ces douces caresses ;
Mais il faut le goûter en toute honnêteté,
Et qu'en se mariant le crime en soit ôté.

AGNÈS

N'est-ce plus un péché lorsque l'on se marie ?

COLIN-ARNOLPHE

Non.

JEANNE-AGNÈS

Mariez-moi donc promptement, je vous prie.

COLIN-ARNOLPHE

Si vous le souhaitez, je le souhaite aussi ;
Et pour vous marier on me revoit ici.

JEANNE-AGNÈS

Est-il possible ?

COLIN-ARNOLPHE

Oui.

JEANNE-AGNÈS

Que vous me ferez aise !

COLIN-ARNOLPHE

Oui, je ne doute point que l'hymen ne vous plaise.

JEANNE-AGNÈS

Vous nous voulez nous deux… ?

COLIN-ARNOLPHE

Rien de plus assuré.

JEANNE-AGNÈS

Que, si cela se fait, je vous caresserai !

COLIN-ARNOLPHE

Hé ! la chose sera de ma part réciproque.

JEANNE-AGNÈS

Je ne reconnais point, pour moi, quand on se moque ;
Parlez-vous tout de bon ?

COLIN-ARNOLPHE

Oui, vous le pourrez voir.

JEANNE-AGNÈS

Nous serons mariés ?

COLIN-ARNOLPHE

Oui.

JEANNE-AGNÈS

Mais quand ?

COLIN-ARNOLPHE

Dès ce soir.

JEANNE-AGNÈS (*riant*)

Dès ce soir ?

COLIN-ARNOLPHE

Dès ce soir. Cela vous fait donc rire ?

JEANNE-AGNÈS

Oui.

COLIN-ARNOLPHE

Vous voir bien contente est ce que je désire.

JEANNE-AGNÈS

Hélas ! que je vous ai grande obligation,
Et qu'avec lui j'aurai de satisfaction !

COLIN-ARNOLPHE

Avec qui ?

JEANNE-AGNÈS

Avec... là...

COLIN-ARNOLPHE

(de moins en moins convaincant à mesure qu'il déroule sa tirade, pour finir en François Hollande qui avale ses mots, devant Jeanne qui a repris l'air furieux qu'elle avait au début de la scène)

Là... là n'est pas mon compte.
À choisir un mari vous êtes un peu prompte.
C'est un autre, en un mot, que je vous tiens tout prêt.
Et quant au monsieur là, je prétends, s'il vous plaît,
Dût le mettre au tombeau le mal dont il vous berce,
Qu'avec lui désormais vous rompiez tout commerce ;

Que, venant au logis, pour votre compliment
Vous lui fermiez au nez la porte honnêtement,
Et, lui jetant, s'il heurte, un grès par la fenêtre,
L'obligiez tout de bon à ne plus y paraître.
M'entendez-vous, Agnès ? Moi, caché dans un coin,
De votre procédé je serai le témoin.

JEANNE
(*à Colin, redevenue elle-même, impitoyable*)
N'as-tu pas honte d'offrir une voix éteinte
À des spectateurs qui ont payé leurs billets ?
Où sont les emportements, où sont les complaintes
Dont ordinairement, tu détiens le secret ?
Est-ce que tes sentiments t'empêchent de jouer ?
(*soudain pédagogue et presque indulgente*)
Ton ennemi, Colin, ce n'est pas ton grand âge.
Pour que tes émotions, ta tristesse ou ta rage
De ton cœur imbécile aient trouvé le chemin,
Qu'au lieu d'être Arnolphe, tu ne sois que Colin,
Il a donc suffi que tu te fisses surprendre
Par la femme à qui tu espérais tout apprendre !
Retiens d'une élève, comédien dépassé,
Que si tes sentiments, tes amours, ton passé
Te hantent au point de te souffler tes répliques
Et te donnent soudain un air mélancolique
Quand il faudrait que pour exprimer le bonheur
Tu imprimes à ton jeu la gaieté du cœur,
C'est que, contrairement à ce que tu veux croire
Le théâtre n'est pas seulement une histoire
De passions d'apparat, d'insincères serments
Qu'on fait à genoux mais sans que d'un cœur battant

La promesse d'amour soit un peu affermie…
Tu joues mal, Colin. Je le jure sur ma vie.
À force d'affirmer qu'il faut faire semblant
De tourner le dos au chagrin qui te compose
Tu accumules les fautes, les trous, les blancs
Et du donnes toujours l'impression d'une pose.
(*définitive*)
Tu n'as pas les moyens d'incarner les barbons
Les perdants impérieux, les sublimes pigeons…
(*soudain gaie*)
Alors j'ai rédigé, pour ton apprentissage
Les règles à suivre si tu veux que ma rage
Commence à s'estomper, et que ton désarroi
Trouve à me séquestrer un vrai mode d'emploi.
(*elle lui tend un texte*)

COLIN-ARNOLPHE (*lisant*)

LES MAXIMES DU VIEUX BARBON,
OU LES DEVOIRS QU'ON DOIT
À CELLE QUI A LE TIERS DE SON ÂGE

JEANNE (*sur un ton d'évidence*)

Il faut bien expliquer qui sont les personnages !

COLIN-ARNOLPHE

PREMIÈRE MAXIME

Quiconque, qu'on s'y fie,
De manière éhontée
Enferme malgré elle une femme adorée
Fera philosophie
Des cornes imposées

JEANNE

Je te préciserai ce que cela veut dire.

COLIN-ARNOLPHE

Mais pour l'heure présente il ne faut rien que lire.
Je sais bien…

JEANNE

Continue, le pire est à venir.
Ça t'apprendra à manipuler mon désir.

COLIN-ARNOLPHE (*toujours lisant*)

DEUXIÈME MAXIME

Que le dépit le morde,
Le barbon mécontent
Ne peut exiger de la femme qu'il adore
Les faveurs qu'elle accorde
À ses autres amants.

Tu le savais déjà ! Nul besoin d'être hardcore !

JEANNE

On ne peut pas avoir le beurre et son argent !

COLIN-ARNOLPHE

TROISIÈME MAXIME

De se faire sucer
Le barbon aura droit
À ceci près qu'un si énorme privilège

Ne sera attribué
Qu'une fois chaque mois

Je n'en peux plus que tu me parles de mes pipes !
Tu avais consenti : je n'ai rien imposé !

JEANNE

Ô le vilain cliché ! Le vieux stéréotype !
Alors que tu me menais par le bout du nez...
Combien de fois m'as-tu prise pour une conne
À fredonner Gainsbourg pour que je fellationne
(*chantait*)
« Cette nuit, près de moi, tu vien-de-ras t'étendre,
Oui, oui je serai calme et je saurai t'attendre... »

COLIN-ARNOLPHE (*poursuivant*)

QUATRIÈME MAXIME

Pour le cunnilingus,
Où le barbon excelle (*Colin se rengorge un peu*)
Il aura largement le droit de l'exercer
Une heure mais pas plus
Sur le corps de sa belle

Une heure ! Es-tu certaine que ce soit assez ?

JEANNE (*rêveuse, de nouveau*)

Une heure est un grand vase rempli de climats,
Où tout arrive quand on donne langue au chat...
(*redescendant*)
Une heure est trop pour toi ? Veux-tu que je l'ampute ?

COLIN
(*qui veut bien se plaindre mais n'est pas prêt pour autant à renoncer aux rares privilèges qui lui restent*)

Surtout n'en fais rien !

SPECTATEUR DANS LA SALLE
(*joué par celui qui fut serveur, puis contrôleur*)

C'est ça ! Soumets-toi, la pute !

JEANNE et COLIN

Pardon ?

SPECTATEUR (*debout, furieux*)

Tu m'as bien entendu, vénale meuf !
Poussin qui réclame de vivre dans un œuf !
Ton seul désir est d'être un peu moins maltraitée
Par l'immonde cisgenre qui t'a exploitée !
Qui t'a contrainte au pire, au suçage, au tapin
Contre une chambrette et une bouchée de pain !
Où est ton amour-propre ? À quoi bon tant te battre
Si c'est pour terminer comme une Cléopâtre ?
Aimer un homme ? Soit. Chacun fait des erreurs.
Mais en aimer deux, c'est augmenter ses douleurs !
Agnès ne savait rien, elle était ingénue
Et par l'ignorance sans doute elle atténue,
Comme par les pressions de l'environnement,
La folie de vouloir marier un mâle blanc…
Mais Jeanne est au courant d'une telle infamie !
Croit-elle qu'il suffise de polyandrie
Pour de l'égalité rétablir un semblant,
Et qu'à toutes les servitudes de l'épouse

Elle est délivrée par les baisers d'un amant ?
C'est brader son fauteuil au guichet de la *lose !*
Avoir deux hommes, c'est être deux fois servile !
Qu'importent les faveurs de ses deux grands débiles,
En faisant de sa sexualité tant de cas
Jeanne reste l'esclave du patriarcat !
Elle joue l'infidèle, elle feint l'insoumise
Alors qu'elle affermit l'esclavage et l'emprise !

JEANNE (*au spectateur*)

Suis-je prisonnière en faisant ce que je veux ?
Où se trouve le mal à me taper les deux ?

SPECTATEUR

Mais tu ne vois donc pas, impudente femelle
Qu'à te soumettre aux deux, au lieu d'être rebelle,
Devant des prédateurs tu baisses pavillon ?

COLIN (*au spectateur*)

Et tu ne vois donc pas, spectateur et couillon,
Qu'à lui expliquer tout ce qu'elle doit penser
Tu te conduis toi-même comme un vrai vampire
Et qu'en tous les conseils que tu veux prodiguer
De tous les prédateurs, tu es de loin le pire !

SPECTATEUR
(*dont on pouvait imaginer
qu'il en viendrait à viser sous la ceinture*)

Tu peux parler, toi, Colin, dégoûtant cochon,
Avec ta « jeunette » au chevet du baluchon !

COLIN (*explosant*)

Jeunette ? Jeannette ! Tu ne comprends que dalle
Au spectacle que tu détruis par ton scandale !

SPECTATEUR

Toi, le pédophile, tu devrais la fermer
Avant qu'un tribunal ne te fasse enfermer !
D'ailleurs, en vérité, il est inexplicable
Que tu ne sois pas déjà présumé coupable
Et que tu oses présenter à ton public
Des choses qui devraient se régler chez les flics !

COLIN (*au public, soudain suppliant*)

Mais puisque je vous dis qu'elle était consentante !
Est-ce inexcusable ? Croyez-vous que je mente ?
Quel est donc mon péché ? Suis-je donc criminel ?
Désirer une nymphe, est-ce anti-naturel ?

JEANNE

De mon consentement, il faudra qu'on discute
(*au spectateur*)
Mais je vais revenir sur ce doux mot de « pute »
Dont m'a gratifiée le spectateur mécontent.
Où vois-tu, s'il te plaît, une âme prostituée
Dans le désir de multiplier les amants ?
Aurais-tu préféré que je sois ordonnée
Pour éviter le regard des hommes méchants ?
Ou alors que, pour leur échapper, je me voile
Comme un nuage noir dissimule une étoile ?
Et que je ne vous montre pas plus que mes yeux ?
Aimerais-tu ne voir ici que des gens pieux ?
De tous les bons conseils qu'à tort tu t'autorises
Aucun d'eux, je l'avoue, ne convient à ma guise.

Je me fous que tu aies de belles intentions
Tes mots puent l'amertume et l'émasculation !

SPECTATEUR (*blême, affolé, éructant*)

C'en est trop ! Je m'en vais réclamer qu'on censure
Un spectacle où les meufs sont sales et impures !
Qui défend un système oppressif et pas beau,
Où l'on perpétue les institutions machistes
Et les injustices dont son auteur facho
S'en va trouver sa place au sommet de nos listes
Entre Éric Zemmour, Trump et puis Bolsonaro !
Où est le directeur, ou bien la directrice ?
Qui de nos spectateurs, ou de nos spectatrices,
Voit aussi dans cet acte un scandaleux abus ?
Qui veut m'accompagner dans mon dépôt de plainte
Contre une comédie qui, sous de grosses feintes,
Fait aux femmes « l'honneur » d'être des sacs à pus ?
(*Personne ne bouge*)
Pas un doigt ? Personne ? C'est là votre réponse ?
Tandis que je m'indigne et que je les dénonce
Tout ce que vous faites, c'est attendre la fin…

SPECTATEURS DANS LA SALLE

Ta gueule ! – Écrase ! – Silence ! – La ferme, enfin !

FARID

Ce n'est pas un amphi, nous sommes au théâtre !
Retourne chez ta mère ou va voir un psychiatre !

SPECTATEUR (*quittant la salle, le doigt dressé*)

De cette indignité, je veux l'interdiction
Je m'en vais sur Twitter lancer la pétition ! (*il sort*)

JEANNE

Où en étions-nous ? Ah ! Finis donc les maximes
Qui détaillent tes droits dans ce nouveau régime.

COLIN (*si sombre soudain qu'on a,*
pour une fois,
l'impression qu'il ne joue aucun rôle)

Je ne préfère pas. J'en ai trop de chagrin.

JEANNE

Alors, gagnons du temps, lis-nous juste la fin !

COLIN (*lisant*)

DIXIÈME MAXIME

Pour avoir tant donné
à sa petite otage
Le barbon se verra enfin récompensé
Par un vaste mariage
Devant mille invités

(*Colin, qui en Arnolphe se tenait voûté,*
lève un visage absolument épouvanté vers Jeanne)

JEANNE (*grave, solennelle*)

Je t'épouse, Colin, et cent fois la journée,
Tu pourras regretter le jour où je suis née.
Tu t'es rêvé Molière ou Rocco Siffredi,
Et tu vas terminer dans la peau d'un mari.
Pour te punir d'avoir eu l'horrible bassesse
De susciter en moi le désir qui me blesse,

Tu devras de mes goûts subir l'emportement
Et quand je le voudrai, je prendrai un amant.
(*soudain moins sévère*)
Mais comme la Beauvoir passait à sa crapule
Sa vilaine figure et son œil en pendule,
Et comme elle voyait, malgré toutes ses frasques,
Le centre de sa vie et de son intérêt
En l'amour de cet homme, ce crapaud tout flasque,
Je resterai ta femme au-delà du décès.

COLIN

Eh bien, c'est merveilleux ! Je ris comme une enclume
À la promesse d'être ton mari posthume !
Puis-je, Jeannette, sans indiscrétion, vraiment,
M'enquérir en époux du nom de ton amant ?

JEANNE (*appelant Horace qui est hors scène*)

Horace !

COLIN
(*redevenant Arnolphe au second vers et jusqu'à l'avant-dernier*)

O désespoir, ô mollesse ennemie !
Comme il faut devant lui que je me mortifie !
Quelle peine à cacher mon déplaisir cuisant !
Quoi ! pour une innocente un esprit si présent !
Elle a feint d'être telle à mes yeux, la traîtresse,
Ou le diable à son âme a soufflé cette adresse.
Enfin me voilà mort par ce funeste écrit. (il brandit les maximes de Jeanne)

Je vois qu'il a, le traître, empaumé son esprit,
Qu'à ma suppression il s'est ancré chez elle ;
Et c'est mon désespoir et ma peine mortelle.
Je souffre doublement dans le vol de son cœur ;
Et l'amour y pâtit aussi bien que l'honneur.
J'enrage de trouver cette place usurpée,
Et j'enrage de voir ma prudence trompée.
Je sais que, pour punir son amour libertin,
Je n'ai qu'à laisser à son mauvais destin,
Que je serai vengé d'elle par elle-même :
Mais il est fâcheux d'épouser celle qu'on aime…

NATHAN (*revenu sur scène*)

Et si c'était moi, Colin, que vous épousiez ?

COLIN

Pardon ?

(*une fois de plus, à l'intervention de Nathan, la sidération de Jeanne et Colin est totale*)

Oh, je ne voudrais pas que vous pensiez
Que, profitant d'une situation si étrange,
En troisième larron à l'affût, je m'arrange
Pour retirer soudain tous les marrons du feu
Et me voir en époux rafler la mise en jeu…
C'est au nom du théâtre que je fais cette offre
Et puisque vos passions, vous les mettez au coffre,
Pour monter sur la scène, avec moi vous serez
À distance infinie du rôle à incarner !
Et à cet argument, permettez que j'ajoute
Que de Jeanne être l'objet d'un vibrant désir,

Qui va de la colère à d'innocents soupirs,
C'est jeter en vous, Colin, le début d'un doute.
(*imitant Colin, lyrique et suspicieux*)
« Elle a envie de lui… Qu'a-t-il de plus que moi ?
Par quelle grâce inouïe aimante-t-il son choix ?
Aurait-il avalé quelque potion magique ?
Je vois dans cet aveu baleine sous caillou…
Il n'est rien, je suis tout, je n'ai rien, il a tout !
De quel demi-Dieu s'est-il ceint de la tunique ? »
Je vous entends d'ici vous poser ces problèmes
Sans voir qu'évidemment, votre perplexité
Témoigne que vous-même, à l'insu de vous-même,
Aimeriez bien, de moi, être aussi désiré…
En un mot, de mes charmes vous êtes curieux
Et vous vous demandez si, avant d'être vieux
L'heure n'est pas venue de tenter l'aventure
Avec un sexe de mâle sous la ceinture !

COLIN (*séduit*)

Tu lis dans mes pensées, comme un sournois démon,
À ce désir obscur, tu donnes un prénom.
Je suis presque tenté, pour désespérer Jeanne
De changer patronyme et m'appeler Nathane,
Et si l'époque ne nous en fait pas leçon,
D'attacher mon destin à ce bel étalon.

(*les bouches des deux hommes se rapprochent dangereusement*)

JEANNE (*affolée*)

Attendez, mâles blancs, que prétendez-vous faire ?
Allez-vous vous marier seulement pour déplaire

À celle dont tous deux vous êtes tant épris ?
(*à Nathan*) Ne proteste pas, Nathan, tu m'aimes, j'ai dit !
Et de dos tu verras que j'ai de jolies fesses
J'épouserai Colin, tu seras ma maîtresse !

FARID (depuis la salle)

Colin, vieux manitou, c'est toi qui trancheras
Entre une dictatrice et un jeune bellâtre
Mais quelle que soit celle que tu marieras,
Tu dois le faire en pensant d'abord au théâtre !

(*comme Colin se tait, hésitant, Jeanne reprend la parole, en se prenant pour Bérénice*)

JEANNE (*mode Bérénice*)

Arrêtez tous les deux, seigneurs trop généreux !
Il faut nous apaiser, tout plaisir a son âge
Plutôt que de rendre Colin si malheureux
Je préfère ajourner à jamais ce mariage,
Et plutôt que de prendre le joli Nathan
Comme on dévore un fruit sur l'arbre du printemps,
Je vous garde chacun, ensemble et l'un et l'autre,
Et m'engage à ce que mes désirs soient les vôtres.
(*à Nathan, qui dit oui*) Toi pour la sodomie ? (*à Colin, qui ne dit pas non*) Toi le cunnilingus ?
En la polygamie, trouvons un consensus !

COLIN

J'y consens volontiers en mon amour extrême…
Et pour mieux le prouver, j'entends faire ici même

Un don de ma personne à l'autel des plaisirs.
Ton désir est mon ordre et ton ordre un désir
(*s'agenouillant soudain devant Jeanne comme s'il s'apprêtait à la lécher*)
Que je fais mien…

JEANNE (*repoussant l'empressé*)

Halte-là, Colin, ma pucelle !
(*puis tendre et paternelle*)
Combien je te retrouve en ces pensées rebelles !
Je serais enchantée, de la langue et des doigts,
Puisque ta tam-tame n'est pas assez de bois,
De me faire lécher par l'élégant *has-been*
Et d'en téter souvent la vieille carabine.

HORACE (*à genoux lui aussi, de l'autre côté*)

Quant à moi, Jeanne, je jure sur mon honneur
De te satisfaire et de faire ton bonheur,
Et de me rendre au confessionnal de tes fesses
Plus souvent que, petit, je n'allais à la messe.
Pour que je m'en abstienne, il faudra me punir…

JEANNE

Ne me promets pas plus que tu ne peux tenir !
Contente-moi souvent, ce sera comme un rêve.
À l'abri des regards, faisons l'amour sans trêve.
Mais n'imagine pas que ça dure toujours
Car la brièveté, c'est le prix de l'amour ! (*Jeanne et Nathan sortent gaiement, main dans la main. Colin reste seul en scène.*)

Acte III

Scène 3

COLIN, seul en scène, rejoint par FARID.

COLIN (*l'air désolé, malgré lui,*
se donnant à grande peine une contenance)

Tout est donc pour le mieux dans le meilleur des mondes
N'avais-je pas prédit que ça finirait bien ?
Quand je pense à ceux qui, au terme de la ronde
Me voyaient esseulé, délaissé, comme un chien...
Bande d'imbéciles, c'était mal me connaître !
Je suis bien trop malin pour rencontrer mon maître !
(*Il fond en larmes. Entre Farid.*)

FARID (*qui se tenait dans l'ombre*)

Quelle idée, mon Colin, de combattre le temps
Et d'avoir à ton âge un goût d'adolescent ?
À combien d'impitoyables déconvenues
Te destine, séducteur, ton âme ingénue ?
Et si en fin de compte tu te trouves seul,
C'est qu'en tenant les fils tu tissais ton linceul...
L'ambition d'ordonner le désir qui t'échappe
Était de ton déclin une nouvelle étape.

Que t'est-il arrivé qui ne s'annonçait pas ?
Et qu'as-tu…

COLIN (*cyranesque*)

Je me bats ! Je me bats ! Je me bats !
Peut-être n'ai-je fait qu'organiser ma chute
Mais la vie ne vaut que par ce genre de lutte.
Et si, au fond, je ne suis qu'un vieil impuissant
Un fou qui prétend inverser le cours du temps,
Il n'est rien dans ce combat-là que je regrette
Car à se battre contre un ennemi si fort
À trouver un sens à la vie dans cet effort
On fait une victoire avec une défaite !
(*implorant*)
Non ?

FARID

Console-toi si tu veux. Tu as raison.
C'est mieux que de verser dans la comparaison.
Mais reconnais au moins, malgré tes théories
Que des barbons tu es dans la catégorie
Et qu'au lieu de célébrer l'insincérité
Il eût mieux valu accepter la vérité.
C'est celui que l'on est qui fait son personnage
Il faut du fil de soi pour un meilleur ouvrage.
Jeanne a raison, c'est au plus profond de son cœur
Qu'on trouve le talent et les dons de l'acteur.
Le théâtre n'est pas le lieu des artifices,
Mais dans un décor (ou ce qui en fait office)
L'art de sublimer ce dont on a hérité
Et non, grâce à des vers, de masquer l'amertume
De celui qui se sent, de son vivant, posthume.

Prends ton chagrin, s'il te plaît, du meilleur côté,
Pour présenter sur scène à l'audience conquise
Un Arnolphe sublime et une Agnès exquise !

COLIN (*qui reprend vie*)

J'entends, Farid, tous tes excellents arguments
Je n'ai plus l'âge de lutter contre un amant.
Au lieu de me cacher, veux-tu que je me montre
Tel que je suis aux gens et qu'en cette rencontre
Ils trouvent inopinément à s'émouvoir ?
Si être sincère me donne un tel pouvoir
Alors j'assumerai avec joie ma disgrâce.
Arnolphe sera grand si Colin perd la face !

FARID

Et puis, comme le laisse entendre Spinoza,
La vérité est de meilleure compagnie
Qu'une douce illusion, ou la mythomanie !
Qui se ment à lui-même a baissé les deux bras !
Te voilà, mon Colin, déjà un peu moins triste.
Comprends-tu l'intérêt d'être enfin réaliste ?

COLIN

C'est un coup de théâtre ! Et c'est inattendu :
Tant de sincérité m'a pris au dépourvu.
Comme il est étonnant qu'en cas de vraie tristesse
Ce soit la franchise qui soit délicatesse !
Comme c'est étrange et que ça donne raison
Aux gens qui, comme toi, en guise d'oraison,
Me suggèrent de tirer parti de mon âge
Au lieu de me complaire en une vaine rage.

(*au public*)
Je ne mentirai plus désormais, c'est promis,
Qu'une fois de temps en temps et à mes amis.
Même si je deviens cocu de comédie,
Je cesserai de me nourrir d'hypocrisie.
Et puisque c'est ainsi qu'on est un bon acteur
Je ne veux plus faire attendre les spectateurs
Ni les spectatrices à qui, de toute l'âme,
Je dédie sans détour cette *École des dames*...
Agnès vous attend aux bras de son fiancé,
La pièce va pouvoir, sous vos yeux, commencer !

(*Les trois coups de marteau retentissent.*
Le rideau se ferme.)

FIN

Merci
À Jacques Perry-Salkow pour sa compétence
À François Samuelson pour son intelligence
À Muriel Beyer pour avoir eu le talent
De publier la comédie d'un débutant.

Du même auteur

Un jeu d'enfant. La philosophie, Fayard, 2007 ; Pocket, 2008.

L'Endroit du décor, Gallimard, 2009.

La Dissertation de philo (dir.), tome I, Fayard, 2010 ; Le Livre de Poche, 2011.

Le Philosophe de service et autres textes, Gallimard, 2011.

La Dissertation de philo (dir.), tome II, Fayard, 2012 ; Le Livre de Poche, 2014.

Matière première, Gallimard, 2013.

Dictionnaire amoureux de Marcel Proust, avec Jean-Paul Enthoven, Plon/Grasset, 2013.

Le Snobisme, avec Adele Van Reeth, Plon/France Culture, coll. « Questions de caractère », 2015.

Anagrammes pour lire dans les pensées, avec Jacques Perry-Salkow, Actes Sud, 2016.

Little Brother, Gallimard, 2017.

Morales provisoires, Éditions de l'Observatoire, 2018 ; Le Livre de Poche, 2019.

Nouvelles morales provisoires, Éditions de l'Observatoire, 2019.

Le Temps gagné, Éditions de l'Observatoire, 2020.

Composition et mise en pages
Nord Compo à Villeneuve-d'Ascq

Achevé d'imprimer en avril 2021
sur les presses de Normandie Roto Impression s.a.s.
61250 Lonrai
N° d'impression : 2101599

Imprimé en France

PEFC
10-31-2541

Certifié PEFC

Ce produit est issu de forêts gérées durablement et de sources contrôlées

www.pefc-france.org